고양이 식당,
추억을 요리합니다

Original Japanese title: CHIBINEKOTEI NO OMOIDEGOHAN: Kuroneko to
Hatsukoi no andwich
Text © Yuta Takahashi 2020
Original Japanese edition published by Kobunsha Co., Ltd.
Korean translation rights arranged with Kobunsha Co., Ltd.
through The English Agency (Japan) Ltd. and Danny Hong Agency

고양이 식당, 추억을 요리합니다

다카하시 유타 지음 윤은혜 옮김

빈페이지

차 례

고양이 식당, 추억을 요리합니다

첫 번째 추억

얼룩 고양이와

쥐노래미 조림

쥐노래미

담백하고 맛있는 고급 어종으로, 먹이가 풍부한 일본 전역의 해안가
및 연안의 암초지대에서 잡힌다. 도쿄만에 접한 지바현 연안에서도 잡
히는 물고기로, 여름부터 겨울까지가 제철이다. 껍질 쪽만 살짝 그을
려 회로 먹거나[*], 산초 잎에 버무려 구워 먹기도 하고[**], 탕으로 끓여도
맛있다.

[*] 야키시모즈쿠리: 생선의 껍질 쪽을 직화로 살짝 그을린 뒤 속까지 익지 않도록 바
로 식힌다. 열을 가함으로써 생선의 풍미가 살아나고 비린내도 제거된다고 한다.

[**] 기노메야키: 다진 산초나무 잎으로 향을 내어 굽는 조리법이다. 산초 잎을 섞은
양념을 생선에 발라 굽기도 하고, 생선을 구운 뒤에 버무리기도 한다.

괭이갈매기가 날아다닌다.

동물도감이나 텔레비전 화면으로는 본 적이 있지만 실제로 본 것은 처음이다. 왜옹, 왜옹 하고 우는 소리가 정말 고양이와 꼭 닮았다. 어딘지 슬프게 들리는 울음소리는 길 잃은 아기 고양이를 연상시켰다.

올해 스무 살이 되는 니키 고토코는 지바현 연안에 있는 바닷가 마을에 와 있었다.

파란 하늘과 바다, 그리고 모래사장이 있고, 그 옆으로 포장되지 않은 오솔길이 보인다. 아스팔트 대신 하얀 조개껍데기가 깔려 있다. 전화로 가르쳐준 대로라면 이 하얀 오솔길을 따라 걸어간 끝에 '고양이 식당'이 있을 것이다.

고양이 식당은 지금 찾아가고 있는 식당의 이름이다. 바닷가에 있다.

아직 오전 9시도 되지 않은 이른 시간이라서인지, 바닷가에는 아무도 없다. 그러고 보니 여기까지 오는 동안 사람 그림자라고는 거의 찾아볼 수 없었다. 고토코가 사는 도쿄와 달리, 조용한 동네인 모양이다.

"바닷가 마을이라……."

고토코는 그렇게 중얼거리며 괭이갈매기와 모래사장을 잠시 바라보다가, 하얀 오솔길을 걸어가기 시작했다. 조개껍데기를 밟는 자신의 발소리가 유난히도 크게 들려 조용한 마을에 소음을 퍼뜨리고 있는 듯한 기분이었다.

10월도 중순으로 접어들었지만, 아직 가을이 왔다고 하기엔 일렀다. 여름의 더위가 아직 가시지 않아서, 구름 하나 없는 파란 하늘에서 쏟아지는 햇살이 따가웠다.

번거로워도 모자를 쓰고 오기를 잘했네.

챙이 넓은 모자가 햇살을 막아주었다. 고토코는 하얀 모자를 쓰고, 하얀 원피스를 입고 있다. 고풍스러울 정도로 청초한 복장이 피부가 희고 머리카락이 긴 고토코에게 무척 잘 어울렸다.

"고토코는 쇼와*시대의 아가씨같다니까."

이렇게 놀렸던 사람이 있다. 두 살 위인 오빠 유이토였다. 그때의 기억을 떠올리는 것만으로도 눈물이 쏟아질 것만 같았다.

놀림을 당했던 것이 약올라서가 아니다. 눈물이 나려하는 것은 오빠가 이제 없기 때문이다.

오빠는 이미 이 세상에 없다.

3개월 전에 죽었다.

고토코 때문에, 죽고 말았다.

대학교 여름방학이 시작된 어느 날 저녁, 고토코는 서점에 갔다. 좋아하는 작가의 신간이 나와서, 역 앞의 큰 서점에 사러 갈 생각이었다.

온라인 서점이 편리하기는 하지만, 동네 서점이 없어지는 건 섭섭하니까 가능하면 직접 서점에 가서 사려고 하는 편이다.

---

* 1926년부터 1989년까지 일본에서 사용된 연호. 낡고 오래된 것, 고풍스러운 이미지를 상징하는 표현으로 많이 사용된다.

"서점에 좀 갔다 올게요."

부모님께 말하고 집을 나섰다. 사려고 했던 신간은 진열대에 잘 보이게 쌓여 있었다. 잘 팔리는 모양이다. 책을 사 들고 서점 밖으로 나왔다.

오후 6시가 넘은 시간이라, 저물어가는 햇살이 눈부셨던 게 기억난다. 눈을 가늘게 뜨고 별 생각 없이 역 쪽을 봤는데, 오빠가 걸어오고 있었다.

"오빠!"

소리 내어 부르자 "어, 고토코구나" 하고 대답이 돌아왔다.

우연히 만났지만, 역도 서점도 집 근처라 걸어서 10분도 걸리지 않는 거리다. 저녁식사 시간에 늦지 않게 집에 가려고 하면 이 시간쯤이 될 때가 많아 그리 놀라운 우연은 아니었다. 전에도 몇 번이나 만난 적이 있다. 그래서 서로 놀라지도 않고 당연하다는 듯이 대화를 나눴다.

"이제 집에 가려고?"

"응."

주고받은 말은 그뿐이었다. 그리고 나란히 집을 향해 걷기 시작했다.

그 뒤로도 별말 없이 묵묵히 걸었다. 아무리 사이좋은 남매라도 할 이야기는 그리 많지 않은 법이다. 굳이 이야깃거리를 찾으려고 애쓸 필요가 없는 관계이기도 하다.

고토코는 방금 산 소설책에 대해서 생각하고 있었다. 얼른 집에 도착해서 책을 읽고 싶다는 생각뿐이었다. 의심 한 조각 없이, 평온한 시간을 보낼 수 있으리라 믿었다. 오빠가 옆에 있다는 것도 의식하지 않았다.

그렇게 5분 정도를 걸었을 무렵, 신호를 기다리느라 걸음을 멈췄다. 역으로 이어지는 폭이 좁은 사거리라 항상 혼잡한 길이었다.

불길한 예감은 없었다. 아무 말 없이 멈춰 섰을 뿐이다. 그때 고토코는 오빠의 얼굴을 쳐다보지 않아서 어떤 표정으로 신호를 기다리고 있었는지도 알지 못한다.

오래 기다리지 않아 신호가 바뀌었다. 고토코는 걷기 시작했다. 여전히 오빠 쪽은 보지 않은 채였다.

횡단보도를 반 넘게 건넜을 때였다. 바로 옆에서 들려오는 엔진소리에 순간적으로 고개를 돌렸다. 자동차가 달려오고 있었다. 맹렬한 속도로 고토코를 향해 돌진했다.

부딪힌다!

위험을 느꼈지만 몸이 굳어서 움직일 수가 없었다. 무서웠다. 공포로 다리가 굳어버렸다. 두려움에 눈을 질끈 감으려던 참이었다.

그 순간, 등에 강한 충격을 받았다. 차에 부딪혔나 싶었지만, 부딪힌 위치가 다르다. 누군가가 떠민 것이다.

고토코의 몸은 강한 힘에 떠밀려 반대편 인도로 나뒹굴었다. 무릎이 까지고, 팔꿈치를 부딪혔지만 차에 치이지는 않았다.

대체 어떻게 된 일이지?

끝까지 알지 못했다면 얼마나 좋았을까. 아무것도 보지 못하고, 무슨 일이 생겼는지 모르는 채로 있을 수 있었다면.

인도로 밀쳐진 고토코는 뒤를 돌아보았다가, 그 순간을 목격해 버렸다. 눈을 감았더라면 좋았을 텐데, '그것'을 보고 말았다.

고토코를 떠민 사람은 바로 오빠였다. 차에 치이기 직전, 오빠가 온 힘을 다해 고토코를 밀쳐 구해준 것이다.

"어째서……?"

고토코의 중얼거림을 들은 사람은 아무도 없었다.

고토코는 구해냈지만, 오빠는 피하지 못했다. 횡단보도로 돌진한 차에 부딪혀 공중으로 떠올랐다가, 실이 끊어진 꼭두각시 인형처럼 바닥에 나뒹굴었다.

그리고 움직이지 않았다. 이리저리 뒤틀린 부자연스러운 모습으로 쓰러진 채, 꿈쩍도 하지 않았다.

클랙션 소리가 울리고, 누군가가 비명을 질렀다.

"구급차 불러!"

"경찰에 신고해!"

"이봐요, 괜찮아요?"

마지막 말은 고토코를 향한 질문이었다. 이해는 했지만, 대답할 수가 없었다. 머릿속이 멈춰버려서 목소리가 나오지 않았다.

아무 말도 하지 못한 채, 움직이지 않는 오빠의 몸을 바라보았다. 오빠, 라고 중얼거렸던 것 같기도 하다.

구급차와 경찰차의 사이렌 소리가 들렸다.

구급차가 도착했을 때, 오빠는 이미 숨을 거둔 상태였다.

고토코는 조개껍데기가 깔린 오솔길을 걸었다. 넘칠 듯 말 듯하던 눈물은 끝내 흘러나오고야 말았다. 눈앞의 경치가 부옇게 흐려졌다.

오빠가 세상을 떠난 후 하루도 울지 않은 날이 없었다. 하지만 이런 곳에서 울어서는 곤란하다. 식당에 가는 길인데, 울면서 들어가는 건 부끄럽다. 눈이 부어버릴 테니.

눈물을 참아 보려고 멈춰 서서 하늘을 올려다보았다. 빨려 들어갈 것 같이 파란 하늘이 끝없이 펼쳐져 있다.

기분이 조금 진정되었다. 고토코는 손목시계를 보았다. 슬슬 예약 시간이다. 서두르자, 고양이 식당으로.

마음을 가라앉히고 다시 걷기 시작하려던 순간이었다. 갑자기 바닷바람이 불어왔다.

온화한 날씨여서 방심하고 있었는데, 바다에서 불어온 강한 바람에 모자가 날아가 버렸다.

"어머, 어떡해!"

자신도 모르게 소리를 질렀다. 하얀 모자는 높이 떠올라 바다를 향해 날아갔다. 그냥 두면 바다에 빠져버릴 거야.

발을 동동 굴러봐야 소용없다. 날아간 모자를 쫓아가든가 아니면 포기하는 수밖에 없다. 마음에 드는 모자여서 포기하고 싶지는 않았다. 달리는 것은 내키지 않았지만, 모자를 쫓아 달리기 시작했다.

그때, 그가 나타났다. 남자의 그림자가 고토코를 앞질러 갔다.

달리고 있다.

날아간 모자를 잡아주려고 하나 봐.

나중에서야 그런 생각이 들었다. 그 순간 고토코는 소리도 못 지를 정도로 놀란 상태였기 때문이다. 앞질러 간 남자의 뒷모습이 죽은 오빠를 꼭 닮아 있었다.

훤칠하게 큰 키에, 근육질의 늘씬한 몸, 조금 긴 머리카락까지, 모두 눈에 익은 모습 그대로였다.

"⋯⋯오빠?"

작게 불러 보았지만 아마 그 목소리는 들리지 않았을 것이다. 남자는 돌아보지 않고 태양을 향해 뛰어올랐다.

역광 속에서 공중을 가르는 그 모습은 마치 날개 돋은 천사처럼 아름다워서, 오빠가 다시 돌아온 줄만 알았다.

기적이 일어났나봐, 그렇게 생각했다.

오빠를 만나고 싶은 마음에, 오빠만 생각하며 여기까지 왔다. 기적을 바라며 찾아온 것이다. 정말로 기적이 일어났다면, 이보다 더 기쁜 일은 없을 것이다.

하지만 아니었다.

기적은 일어나지 않았다.

고토코는 곧 깨달았다.

남자는 고토코의 모자를 붙잡았다. 바다 쪽으로 날아가는 모자를 오른손으로 낚아채고는 모래언덕에 착지했다. 그리고 돌아보았다. 얼굴이 뚜렷하게 보였다.

나이는 20대 초반 정도로 오빠와 비슷해 보였지만, 다른 사람이었다. 남자라기보다 청년이라고 부르는 편이 더 어울릴 것 같은 분위기다.

오빠는 햇볕에 그을린 피부가 잘 어울리는 남성적인 외모였는데, 이 청년은 곱상한 얼굴이다. 투명하리만치 하얀 피부에, 가느다란 테의 안경을 쓰고 있다.

여성용 안경이 아닐까 싶을 정도로 섬세한 모양새의 안경이었지만 중성적인 청년의 얼굴에는 잘 어울렸다. 순정만화의 주인공 같아 보이기도 했다. 여주인공이 마음을 빼앗기는, 다정한 남자 주인공의 얼굴이다.

그 청년은 고토코 옆으로 다가와 모자를 내밀었다.

"자, 받으세요."

외모만이 아니라 목소리도 다정했다. 어디서 들어본 적이 있는 것 같았지만, 기억을 더듬을 겨를이 없었다. 날아간 모자를 되찾아준 감사 인사를 해야 한다.

"감사합니다."

모자를 받아들고서 서둘러 고개 숙여 인사를 했다. 뛰어서까지 모자를 잡아 주었는데, 오빠를 떠올리는 바람에 멍하니 보고만 있었다.

그런데 이 청년은 어디서 나타난 것일까? 분명 아무도 없었는데.

의아해하던 차에, 청년은 더 희한한 말을 했다.

"니키 고토코 님이시죠?"

처음 만났는데 고토코의 이름을 알고 있다.

"아, 네……. 맞는데요, 저기…… 누구시죠?"

놀라면서 고개를 끄덕이고, 조심스레 되물었다.

고토코도 공손한 말씨를 쓰는 편이지만, 청년은 그 이상으로 깍듯했다. 그는 깊이 고개 숙여 인사하며 이름을 밝혔다.

"오늘 예약해 주셔서 감사합니다. 제 소개가 늦었습니다. 고양이 식당의 후쿠치 가이입니다."

가느다란 안경테가 잘 어울리는 이 청년은 지금 찾아가고 있는 식당에서 일하는 사람이었다. 예약 전화를 했을 때 이 목소리를 들었던 것이 생각났다.

오빠의 장례식이 끝나자 고토코의 집은 적막하기 그지없었다. 아무도 말을 꺼내지 않게 되어서이다.

아빠는 근처의 작은 신용금고에 근무하고 있고, 엄마는 마트에서 아르바이트를 한다. 두 분 다 조용하고 온화한 성격이었다.

"고토코의 부모님은 굉장히 다정하신 것 같아."

친구가 놀러 오면 항상 그렇게 말하곤 했다. 실제로도 그래서, 큰소리 한 번 내신 적이 없었다.

오빠는 그런 부모님의 자랑이었다. 초등학교 때부터 공부는 물론, 운동도 잘했고 중학교 때는 학생회장도 했다. 당연하게 근방에서 가장 공부 잘하기로 유명한 공립고등학교에 진학하고, 재수도 하지 않고 그 어렵다는 명

문 사립대학의 법학부에 합격했다. 그야말로 탄탄대로를 걷는 인생이었다.

대학을 졸업하면 검사나 변호사가 될 거라고 생각했지만, 그 예상은 빗나갔다. 입학한 지 1년도 지나지 않아 대학을 그만두겠다고 선언한 것이었다.

고토코도 놀랐지만, 부모님이 받은 충격은 그 이상이었다.

"대체 무슨 소리냐?"

"그만두고 대체 뭘 하려고?"

부모님은 굳은 표정으로 오빠를 다그쳤다. 누가 봐도 반대한다는 걸 알 수 있는 말투였다.

그런 부모님을 당당하게 바라보며 오빠는 대답했다.

"연극을 본격적으로 하고 싶어요."

대학에 들어가면서 오빠는 가까이에 있는 작은 극단에 들어갔다. 열심히 하는 줄은 알았지만, 대학을 그만두고 연극을 하고 싶다는 말을 꺼낼 줄은 생각도 못했다. 부모님도 예상하지 못했던 모양이다.

"대학에 다니면서 하는 건 안 되는 거니?"

당연한 질문이다. 어렵게 들어간 명문대를 그만둔다

는데 그리 쉽게 허락할 부모는 없을 것이다.

"틈틈이 하는 수준이 아니라, 전력을 다해보고 싶어
요."

오빠는 이렇게 대답했지만, 부모님은 물론 납득하지
못했다.

"전력을 다하겠다니, 배우라도 되겠다는 거야?"

"네."

오빠의 대답은 역시나 단호했고, 이미 결정했다고 얼
굴에 쓰여 있었다. 배우가 되어서 먹고 살 각오를 했던
것이다.

"어렵지 않겠니?"

어머니는 이렇게 물었다. 이것도 당연한 질문이다. 고
토코도 자세히 아는 것은 아니지만, 배우로 성공하는 사
람은 극히 드물다. 이대로 대학을 졸업해 법률에 관계된
직종에 종사하는 편이 훨씬 안정적일 것이다.

하지만 오빠는 물러서지 않았다.

"쉽지 않은 세계인 것은 알고 있어요. 하지만 도전해
보고 싶어요."

오빠의 말에는 망설임이 없었다. 자신의 앞길을 이미

확고하게 결정한 듯했다.

"인생은 한 번뿐이니까, 나중에 후회하고 싶지 않아
요."

오빠는 강경하게 말하며 부모님을 설득하기 시작했다.

3년 안에 성과를 내겠다.

텔레비전에 나오는 모습을 보여 드리겠다.

배우로서 싹이 보이지 않는다면 국립대학에 다시 들
어가 공무원이 되겠다.

이 말을 듣고 부모님은 고개를 끄덕였다. 이미 각오
를 굳혔다면 무슨 말을 해도 소용없을 테고, 공무원이 된
다면 그것도 나쁘지 않다고 생각하신 모양이다.

솔직히 말하면 고토코도 그렇게 생각했다. 연극으로
유명해져서 텔레비전에까지 나오는 배우가 되겠다니,
꿈만 같은 이야기였다.

하지만 3년도 지나지 않아 오빠는 성과를 보여주었다.

고토코가 대학에 합격한 해에 오빠는 연극 무대의 주
인공으로 발탁되었고, 그 다음해에는 텔레비전 드라마
의 오디션에 붙어서 주인공의 친구라는 중요한 배역을
따냈다. 그리고 주목받는 신인 배우로서 주간지에 실리

더니, 드라마 촬영이 시작되기 전부터 텔레비전에 종종
얼굴을 비쳤다.

"정말 대단한 녀석이야."

아버지는 이렇게 말하며 오빠의 선택을 인정했다. 어
머니는 오빠가 잡지에 실릴 때마다 기사를 오려내 보관
했다. 두 분 다 드라마가 시작되는 것을 기대하고 있었
고, 고토코도 그런 오빠가 자랑스러웠다.

"오빠는 역시 대단해."

고토코는 그것이 노력의 결과인 것을 잘 알았다. 꿈
을 이루기 위해 대학을 그만둔 뒤 오빠는 피나는 노력을
했다. 물론 재능도 있었겠지만, 누구보다도 연습을 많이
했다. 가까운 공원에서 발성 연습을 하는 모습을 여러 번
목격했다.

"인생은 한 번뿐이니까 후회하고 싶지 않아."

오빠가 입버릇처럼 하던 말이다. 하지만 결국 후회
를 남길 수밖에 없었다. 오빠는 꿈을 이루기 전에 죽었
으니까.

오빠가 세상을 떠난 뒤에도 삶은 계속되었고, 넷이었
던 가족은 셋이 되었다. 고토코를 구하기 위해서 한 사람

의 목숨이 스러졌다.

　그때 오빠가 구해주지 않았다면 틀림없이 고토코는 죽었을 것이다. 하지만 대신 오빠는 살았겠지.

　목숨을 버리면서까지 구해주기를 바라지는 않았다. 고토코의 솔직한 심정이었다. 죽고 싶었던 것은 아니지만, 오빠를 희생양으로 삼아서까지 살고 싶지는 않았다.

　오빠에게는 재능이 있었고, 팬이 많았던 것도 잘 알고 있다. 오빠의 극단에 종종 찾아갔었기 때문이다.

　고토코도 연극에 관심이 있었다. 공연도 보러 가고, 연습하는 모습을 견학한 적도 있다. 극단의 단장이 부탁을 해서 무대에 선 적도 몇 번 있었다. 작은 극단은 배우가 항상 부족해서, 행인 역할을 할 사람이 없었기 때문이다.

　"고토코는 소질이 있어."

　고토코가 두 번째로 연극에 출연한 뒤, 단장인 구마가이는 이런 말을 했다.

　구마가이는 곰을 닮은 거구의 남자다. 수염이 덥수룩해서 40대나 50대는 되어 보였지만, 오빠와 열 살도 차이가 나지 않는다고 했다. 극단을 세운 사람이기도 하고, 오빠의 재능을 알아본 남자이기도 했다.

불량소년들이 길을 피해갈 정도로 험악해 보이는 얼굴이지만, 눈빛은 다정하고 웃으면 귀여운 구석이 있었다. 낯을 가리는 고토코가 무대에까지 선 것은 구마가이가 단장이라서였는지도 모른다. 그에게는 사람을 끌어들이는 매력이 있었다.

"에이, 소질이라뇨."

대사도 없는 행인 역할을 했을 뿐인데, 농담이겠지 싶었지만 구마가이는 진지했다.

"고토코가 있으면 무대가 환해져. 대사가 없어도 걸어가는 것만으로도 눈길이 간다니까."

태어나서 처음 듣는 말이었다. 고토코는 내성적인 편이라서 교실에서도 항상 구석에 있는, 눈에 띄지 않는 아이였다. 누구에게나 인기가 많았던 오빠와는 달랐다. 고토코를 아는 사람이라면 누구나 알고 있는 사실이다.

그런데도 구마가이는 고토코의 칭찬을 멈추지 않았다.

"존재감으로만 보면 유이토보다 나을지도 몰라."

농담이라고밖에 생각되지 않는 말을 진지한 얼굴로한다. 게다가 그 말에 찬성한 사람이 있었다.

"나도 그렇게 생각해."

오빠였다. 묵묵히 이야기를 듣고 있던 오빠가 고개를 끄덕였던 것이다.

"주인공은 나인데도 관객들이 모두 고토코를 보고 있더라."

"그건 너무 못해서 쳐다본 거 아닐까?"

"아니, 고토코의 팬이 되어서 그래. 행인 역할로 관객의 마음을 사로잡다니, 너는 정말 천재야."

"놀리지 마."

고토코가 항의하자, 오빠는 의미심장하게 어깨를 으쓱거렸다. 역시 놀리는 거였다. 좀 더 툴툴거리려던 참에, 구마가이가 끼어들었다.

"본격적으로 연기를 해보지 않을래? 고토코라면 유이토를 뛰어넘을 수 있어."

"……말도 안 돼요."

얼른 꽁무니를 뺐다. 연극은 좋아했지만, 재능이 없는 것은 물론이고 진심으로 뛰어들 각오도 없었다. 오빠에게 딸려가는 덤으로 충분하다. 오빠가 있으니까 극단에 얼굴을 내밀었던 것일뿐, 나에게는 대사도 없는 행인 역할이 어울린다.

그래서 오빠가 죽고 나서는 극단에도 가지 않게 되었다. 학교도 쉬기로 했다. 아무것도 하고 싶지 않고, 아무 데도 가고 싶지 않았다. 그저 방에서 가만히 있고 싶었다. 외출이라고는 오빠의 무덤에 갈 때뿐이었다.

그런 고토코가 바닷가 마을을 찾아오게 된 데에는 구마가이의 말이 계기가 되었다.

구마가이는 오빠가 소속되어 있던 극단의 단장이었을 뿐 아니라, 개인적으로도 오빠와 사이가 좋았다. 쉬는 날에는 함께 바이크를 타고 바닷가로 낚시를 가곤 했다. 가끔은 멀리까지 가는 일도 적지 않았던 모양이다.

고토코가 구마가이를 다시 만난 것은 오빠가 잠들어 있는 묘지에서였다. 어느 날 고토코가 성묘를 갔는데, 구마가이가 오빠의 묘석 앞에서 손을 모으고 있었다.

만나고 싶지 않은 마음도 있었지만 도망치는 것도 이상하고, 그럴 기력도 없었다. 가까이 다가간 고토코를 구마가이가 발견했다.

"오랜만이네."

"저번엔 와주셔서 감사했습니다."

뻔한 인사말을 주고받으며 시간을 보내다 헤어지려 했지만, 구마가이는 거침없이 말을 걸어왔다.

"밥은 잘 챙겨 먹고 있니?"

그렇게 물어본 것은 고토코의 얼굴이 반쪽이 되어 있었기 때문일 것이다. 계속 식욕이 없었다. 쓰러질까 봐 억지로 먹기는 하지만, 방심하면 하루 종일 아무것도 먹지 않은 날도 종종 있었다. 오늘도 아침부터 아무것도 입에 대지 않았다.

하지만 굳이 그런 말을 할 생각은 없었다. 말한다고 한들 아무것도 바뀌지 않는다.

"네, 잘 챙겨 먹고 있어요."

대답이 거짓말이라는 걸 알았을 테지만 구마가이는 아무 말도 하지 않은 채 그저 걱정스럽게 고토코를 바라보았다.

그 시선으로부터 도망치듯이 니키 집안의 묘석을 보았다. 부모님이 쓸고 닦아서인지 묘석은 깨끗했다. 선조 대대로 이어져 온 가족묘인 만큼 오래된 티는 나지만, 티끌 하나 없이 깨끗이 닦여 있었다. 묘석을 열심히 닦는 부모님의 모습이 저절로 떠올랐다.

고토코는 부모님에 대해서 생각했다. 울면서 묘석을 닦았을지도 모른다. 자랑스러운 아들이 죽었으니까.

내가 뭐라고. 구해주지 않는 게 나았을 텐데.

묘석을 보면서 중얼거릴 뻔했다. 혼자 살아남았다는 것이 괴롭기 짝이 없었다.

눈가가 젖어 들면서 눈물이 흐르려 했다. 울지 말아야지 생각하며 눈물을 삼키고 있는데, 구마가이의 목소리가 귀에 와 닿았다.

"고양이 식당이라고 알고 있니?"

갑작스러운 질문이었다. 당황한 나머지 눈물이 쏙 들어갔다. 갑자기 무슨 소리지 생각하면서 되물었다.

"식당 이름인가요?"

고양이 식당이라니, 특이한 이름도 다 있네 싶었다.

"식당은 식당인데, 바닷가 마을에 있는 백반집이야. 지바현 바닷가에 있는데, 들어본 적 없니?"

태어나서 처음 듣는 이름이다. 지바현에 갈 일 자체가 거의 없다. 오빠가 살아 있었을 때도 1년에 한두 번, 디즈니랜드에 갔던 것 정도가 다이다. 게다가 백반집에 간 기억은 전혀 없었다.

"네……."

고개를 젓자 구마가이는 설명을 시작했다.

"유이토와 낚시하러 갔을 때, 몇 번 들른 적이 있어. 50세 정도의 여주인이 운영하는 식당인데 말이야……."

잠시 입을 다물었다가, 다시 말을 이었다.

"추억 밥상을 차려주는 곳이야."

이것도 태어나서 처음 듣는 말이다. 추억 밥상이라니, 있을 법하다 싶으면서도 들어본 적은 없었다.

어리둥절해 하고 있는데 구마가이가 다시 이어서 말했다.

"가게젠을 말하는 거야."

'가게젠'이라면 알고 있다. 오랫동안 부재중인 사람을 위해 가족이 무사하기를 바라며 차려 두는 식사를 말하기도 하고, 또 제삿날에 고인을 위해 준비하는 식사를 그렇게 부르기도 한다. 구마가이가 말하는 것은 후자 쪽인 모양이다. 오빠의 장례식 때도 마련되어 있었다.

"고양이 식당의 추억 밥상을 먹으면 소중한 사람의 목소리를 들을 수 있다고 해. 추억이 되살아난다고."

"소중한 사람……."

따라서 중얼거려 보았지만, 무슨 말인지 이해가 되지

않았다. 구마가이가 무슨 말을 하고 싶은 것인지 알 수가 없었다.

"죽은 사람 말이야."

"네?"

"추억 밥상을 먹으면 죽은 사람의 목소리가 들려온대. 눈앞에 나타나는 일도 있다는 거야."

죽은 사람이 나타난다고?

"내 말이 무슨 뜻인지 알겠니?"

구마가이의 질문에 고토코는 고개를 좌우로 흔들었다. 알 수 있을 리 없다.

"고양이 식당에 가면 유이토와 이야기를 할 수 있을지도 몰라. 그 말을 하려고."

의미는 이해했지만, 도무지 믿어지지 않았다. 누굴 놀리려고 하나 생각하는 것이 보통일 것이다.

하지만 구마가이의 표정은 어디까지나 진지했다. 거짓말을 하는 얼굴이 아니다. 무엇보다 그는 오빠에게 연극을 가르쳐준 스승이자, 세대를 뛰어넘은 친구였다. 장례식 때도 밤을 지세며 누구보다 많이 울었다.

이 말은 진짜다.

그렇게 느껴졌다. 불가능한 게 당연하지만, 구마가이의 말은 믿어졌다. 믿어보자고 생각했다. 다짐을 받듯이 고토코는 다시 물었다.

"정말로 오빠를 만날 수 있을까요?"

"그건 모르지, 그럴 수도 있다는 얘기야."

그것이 구마가이의 대답이었다. 그럴 수도 있다는 정도면 충분했다. 고토코는 성묘하러 온 것도 잊고 구마가이에게 물었다.

"고양이 식당에 대해서 가르쳐 주시겠어요?"

"네, 고양이 식당입니다."

구마가이가 알려준 번호로 전화를 걸자 젊은 남성의 목소리가 들렸다. 이때는 이름조차 몰랐지만, 가이의 목소리다.

"예약을 좀 하고 싶은데요."

"저희 가게는 오전 10시까지만 영업을 하는데 괜찮으시겠습니까?"

"오전이요?"

"네. 오전 10시입니다. 괜찮으시겠습니까?"

"아…… 네. 부탁드립니다."

고토코는 고개를 끄덕였다. 아침식사 전문 식당인 걸까? 그런 가게에서 가게젠을 판다니, 어울리지 않아 보였지만, 영업시간은 식당 마음이니까. 아침 첫 기차를 타고 가면 시간을 맞출 수 있을 것이다.

"네, 예약해 주셔서 감사합니다."

전화를 받은 사람은 고풍스럽다고까지 할 수 있을 법한 정중한 말씨를 사용했다. 상냥하고 부드러운 목소리가 마음을 편하게 해주어 긴장하지 않고 말할 수 있었다.

"추억 밥상을 만들어주실 수 있을까요?"

"네, 알겠습니다."

두말없이 예약을 받아주었다. 그러고 나서 고토코의 이름과 연락처를 말했다. 그러더니 중요한 것을 깜빡했다는 듯이 전화기 저편의 목소리가 말을 이었다.

"가게에 고양이가 있습니다만, 괜찮으시겠습니까?"

고양이가 있는 걸로 유명한 걸까? 이름부터가 고양이 식당이니까 고양이가 있어도 이상하지는 않지. 고양이를 싫어하지도, 알레르기가 있지도 않으니까 상관없다.

"네, 괜찮아요."

"감사합니다."

전화 저편에서 머리를 숙이는 모습이 보이는 것 같았
다. 성실한 성품이라는 것이 전화기를 통해서도 전해져
온다. 고토코는 목소리의 주인에게 호감이 생겼다.

"그럼 기다리고 있겠습니다. 예약해 주셔서 감사합니
다."

마지막까지 깍듯한 말씨였다.

고양이 식당까지 가는 길은 구마가이가 가르쳐 주었
다. 도쿄역에서 쾌속 기차를 타고 1시간 반이면 도착하
는, 당일치기로 갔다 올 수 있는 거리다.

"나나미 씨와 '꼬마'에게 안부 전해줘."

고양이 식당에 가려 한다고 이야기하자, 구마가이가
그렇게 말했다. 나나미 씨가 식당 주인의 이름이고, 꼬마
는 고양이의 이름인 모양이다.

"네……."

대답은 했지만, 금방 잊어 버리고 말았다. 구마가이에
게는 미안하지만, 오빠와 만날 수 있을지도 모른다는 생
각으로 머릿속이 꽉 차 있었다.

고토코는 기차를 타고 바닷가 마을로 향했다. 고양이 식당은 역에서 조금 떨어진 장소에 있었다. 역에서 내려 버스를 갈아타고 15분 정도를 달렸다. 그 뒤에 고이토가와라고 불리는 하천의 강둑을 따라 걸었다. 그리고 하얀 조개껍데기가 깔린 오솔길에 도착해, 후쿠치 가이를 만났다.

가이는 긴소매 와이셔츠에 검은색 바지를 입고 있었다. 조금 긴 편인 까만 머리카락이 바닷바람에 살랑살랑 휘날렸다.

"그럼 식당까지 안내해 드리겠습니다."

"감사합니다."

고토코가 대답하고서 둘이 함께 걷기 시작했다. 안내라고 할 것도 없이, 3분도 채 가지 않아 식당이 보였다.

외벽이 파랗게 칠해진 요트하우스 느낌의 목조 건물로, 세련된 해변의 방갈로 같아 보이기도 했다. 주거를 겸하고 있는지, 여유 공간이 넉넉한 2층 건물이었다.

간판은 걸려 있지 않고, 입구 옆에 칠판이 놓여 있었다. 카페 같은 곳에서 자주 보는 A자 모양으로 세워 놓는 형태였다.

그 칠판에 흰 분필로 글자가 쓰여 있었다.

고양이 식당
추억 밥상을 차려 드립니다.

거기에 덧붙이듯이, 작게 주의 사항이 적혀 있었다.

이 가게에는 고양이가 있습니다.

옆에는 작은 고양이 그림도 그려져 있다. 글씨와 그
림이 아기자기해서 여자의 솜씨인 것 같았다. 다만 메뉴
도 보이지 않았고, 영업시간조차 쓰여 있지 않았다. 아침
식사만 하는 가게라고도 쓰여 있지 않았다. 장사할 생각
이 도무지 없어 보였다.

　신기하게 생각하면서 칠판의 글씨와 그림을 보고 있
는데, 반대편에서 울음소리가 들려왔다.

　"냐아옹."

　고양이의 울음소리다. 그쪽을 돌아보자 자그마한 고
양이가 있었다. 갈색 얼룩무늬의 귀여운 고양이다.

바닷가 마을에 고양이는 흔히 있는 법이지만, 식당 앞에 이렇게 작은 고양이가 있는 것은 의외였다.

길고양이일까? 그런 것치고는 사람을 무서워하지 않고, 털도 깨끗하다. 눈을 떼지 못하고 있었더니 가이가 고양이에게 말을 걸었다.

"밖에 나오면 안 된다고 얘기했을 텐데요?"

마치 사람을 대하는 듯한 말투였다. 고양이를 상대로도 존댓말을 쓰다니. 이 말씨는 서비스업 종사자라서가 아니라 원래부터 타고난 것인 모양이다.

"집안에 있도록 하세요. 알았습니까?"

어디까지나 진지한 얼굴로 고양이를 타이르듯 말하더니, 다시 정중한 태도로 고토코를 향해 돌아섰다.

"소개가 늦었습니다. 저희 가게의 꼬마입니다."

공손한 말투로 고토코에게 고양이를 소개했다.

"냐아옹."

꼬마가 인사라도 하듯이 울었다. 장난꾸러기 같은 인상인 것을 보면 수컷일지도 모르겠다. 꼬마가 이 가게의 명물 고양이인 모양이다.

"그러면 안 된다고 하는데도 금방 밖으로 나가 버리

거든요."

가이가 이렇게 설명해 주었다. 꼬마는 탈주의 명수인 모양이다.

"자, 들어가세요."

가이의 말에 꼬마가 대답했다.

"냐앙."

대답만 하고 끝이 아니라 식당을 향해 종종거리며 걸어가기 시작했다. 꼬리를 휙휙 휘두르는 모양이 고토코와 가이를 보고 따라오라고 말하는 것 같았다.

가이가 그런 꼬마보다 한발 앞서서, 식당 문을 열었다.

"어서 오십시오. 고양이 식당에 오신 것을 환영합니다."

그것은 고토코를 향해 한 말이었다.

자리가 여덟 개밖에 없는 작은 가게다. 카운터도 없이, 둥근 4인용 테이블이 두 개 놓여 있을 뿐이다.

테이블과 의자가 모두 원목이어서 마치 통나무집 같은 따뜻한 분위기였다. 가게 한 켠에는 고풍스러워 보이는 커다란 괘종시계가 있는데, 아직 현역이라는 듯이 똑딱똑딱 소리를 내며 시간을 가리키고 있다.

그리고 벽에는 커다란 창이 있어서 바다가 보였다. 파란 바다 위 하늘을 괭이갈매기가 날고 있다. 왜옹 왜옹 괭이갈매기 우는 소리가 들렸다.

"냐옹."

마치 대화를 나누는 것처럼 꼬마가 창밖을 향해 울었다. 하지만 괭이갈매기에게 그리 흥미가 있지는 않은지 괘종시계 쪽으로 가버렸다.

그런 꼬마를 눈으로 쫓고 있자니 가이가 자리로 안내해 주었다.

"이쪽으로 앉으시겠어요?"

경치가 잘 보이는 창가 자리였다.

"아……, 네."

"자, 앉으세요."

가이가 의자를 당겨주었다.

"고맙습니다."

감사 인사를 하며 의자에 앉았다. 청결하면서 마음이 편해지는 분위기의 식당이다. 점원은 친절하고, 귀여운 고양이까지 있다.

꼬마는 괘종시계 옆에 놓인 안락의자 위에 올라가 둥글게 몸을 말았다. 그새 잠이 들어 버렸는지, 눈을 감고 있다. 평화로운 풍경이었다.

"죽은 사람의 목소리가 들린다고 해."

"나타나는 일도 있대."

구마가이가 그렇게 말했지만, 그런 이야기와는 전혀 어울리지 않는 식당이었다. 식당을 운영한다는 50대 여사장님이 보이지 않아서 물어볼까 생각하던 차에 가이가 먼저 말을 꺼냈다.

"그럼 예약 받은 추억 밥상을 준비하겠습니다. 잠시만 기다려 주십시오."

대략 3시간 전, 아직 날이 채 밝기도 전에 고토코는 집을 나섰다. 첫차를 타지 않으면 예약한 시간에 늦어 버리기 때문이다.

이른 아침인데도 불단*이 있는 방에 불이 켜져 있었

---

* 일본에는 가정집에서도 불단을 갖추고 불상과 함께 세상을 떠난 가족의 위패를 두고 추모하는 풍습이 있다. 향을 피우고 음식을 올리기도 하며 꽃과 사진 등을 장식하기도 한다.

다. 부모님이 깨어 계신 것이다. 고토코만이 아니라 부모님도 잠들지 못하는 밤을 지내고 있었다.

불단이 있는 방은 현관 바로 옆이어서, 복도와는 장지문으로 구분되어 있을 뿐이다. 부모님의 그림자가 비쳐 보였지만 다녀오겠다는 인사는 건네지 않았다. 부모님의 기분을 생각하면 차마 말을 걸 수가 없었다.

부모님은 반대를 하면서도 오빠가 가는 길을 기대하고 있었다. 텔레비전에 나오는 날을 손꼽아 기다렸다. 오빠의 꿈은 두 분의 꿈이기도 했다.

그것이 사라져 버렸다. 오빠가 죽은 뒤 부모님은 슬픔에 짓눌려 살아도 산 것 같지 않은 상태가 되었다. 계속 불단이 있는 방에만 처박혀 계셨다.

내가 죽는 게 나았을 텐데.

결국 생각이 또 그쪽으로 흘러간다. 고양이 식당에 도착한 지금도 그 생각이 떠나지 않는다.

자신을 구하려다 오빠가 죽었기 때문만은 아니다. 살아남은 것이 내가 아니라 오빠였다면 부모님도 저렇게까지 낙담하지는 않을 거라고 생각하기 때문이다. 설령 낙담한다 해도, 오빠라면 부모님에게 기운을 북돋워줄 수 있었을 것이다. 반면 고토코는 말도 걸지 못하고 있다.

쓸모없는 내가 살아남았다.

이루고 싶은 꿈도 없는 내가 살아남아 버렸다.

그런 생각에 괴로웠다. 앞으로 어떻게 살아야 할지 알 수가 없었다. 어찌할 바를 모르겠는 마음에 눈물이 또 맺혔다.

"냐아옹."

안락의자에서 잠든 줄 알았던 꼬마가 옆에 와 있었다. 언제 왔는지 발밑에서 고토코의 얼굴을 빤히 바라보고 있다.

마치 걱정해주는 것 같은 그 모습이 우스워서 저도 모르게 웃음이 나왔다. 덕분에 울지 않을 수 있었다.

"고마워."

꼬마에게 고맙다는 인사를 했을 때, 가이가 부엌에서 나왔다. 하얀 데님 원단의 앞치마를 걸치고 있다. 가슴 근처에 꼬마가 모델인 듯한 작은 고양이가 수놓아져 있는 귀여운 앞치마였다.

가이는 테이블 옆으로 다가와 고토코에게 말했다.

"오래 기다리셨습니다."

손에 요리가 올려진 칠기 쟁반을 들고 있었다.

밥, 된장국, 그리고 생선조림.

가이가 쟁반을 테이블에 내려놓았다. 금방 만들었는지 김이 솟아오르고 있었다. 생선조림 냄새가 마음에 들었는지 꼬마가 울음소리를 냈다.

"냐아앙."

조르는 듯했지만 꼬마 쪽을 쳐다볼 정신이 없었다. 고토코의 눈은 생선조림에 쏠려 있었다. 설마 했던 요리가 거기에 있었다.

"쥐노래미 조림이네……."

무심결에 중얼거렸다.

그 요리에는 오빠와의 추억이 담겨 있었다.

쥐노래미는 노래미와 비슷하게 생겨 혼동되기 쉽지만 엄연히 다른 물고기다. 육지에 가까운 바닷가 암초 주변에 서식하며, 몸길이는 30센티미터 정도다.

마트나 백화점 식품매장에서는 찾아보기 힘들지만, 맛있는 물고기로 유명하다. 가격도 저렴한 편은 아니라 고급 어종에 속한다.

일반 가정집 식탁에 자주 올라오는 생선이 아니라서, 고토코도 오빠가 가르쳐주기 전까지는 모르고 있었다.

오빠는 구마가이와 함께 낚시를 갔다가 때때로 쥐노래미를 잡아왔다.

"나 낚시꾼이 될까봐."

농담 삼아 자랑했던 것을 기억하고 있다. 무엇이든 잘하는 오빠는 잡아온 물고기를 엄마에게 맡기지 않고 직접 요리하곤 했다.

고토코는 요리에 관심이 있어서, 오빠가 낚아온 물고기를 손질하는 모습을 자주 구경했다.

오빠는 고토코를 귀찮아하지 않고 물고기에 대해서 이야기해 주었다.

"사실은 '나메로'를 만들고 싶지만 말이야."

나메로란 지바 지역의 향토요리로, 전갱이나 정어리를 칼로 잘게 다져서 다진 파와 생강, 양파, 된장 등으로 양념한 뒤 다시 더 잘게 다져서 만든다.

"그대로 먹어도 맛있지만 갓 지은 밥에 올려서 먹는 게 제일 맛있지."

이야기를 듣기만 해도 맛있을 것 같았다. 먹어보고

싫었지만 생식은 위험하다고 한다.

"고래회충이 있을 수도 있거든."

고래회충은 꽁치나 고등어, 오징어 등에 기생하는 회충인데, 쥐노래미에도 기생할 가능성이 있어서 생식을 했다가 극심한 복통에 시달리는 경우가 있다고 한다.

"익히면 걱정 없어."

오빠가 그렇게 말하면서 나메로를 만들고는, 그것을 가리비와 전복 껍데기에 채워서 구워주었던 적이 있다. 이 요리는 지바현의 향토요리 '산가야키'이다. 된장 양념이 구워지는 냄새가 무척이나 식욕을 돋우는 요리로, 입이 짧은 고토코가 밥을 한 그릇 더 먹었을 정도로 맛있었다.

하지만 그보다 더 좋아한 요리가 있는데, 바로 쥐노래미 조림이다. 굉장히 자신 있는 메뉴였는지, 오빠는 만들 때마다 기세등등했다.

"진짜 맛있는 생선조림을 먹게 해줄게."

"생선조림도 만들 줄 알아?"

"당연하지."

오빠는 으스대며 요리를 시작했다. 실제로도 손이 가

기는 하지만 그렇게 어려운 요리는 아니다. 쥐노래미의 비늘과 아가미, 내장을 제거하고 프라이팬에 조리기만 하면 된다. 다만 오빠는 처음에는 청주와 생강만을 넣어서 끓였다.

"이렇게 해야 살이 부드러워져. 비린내도 날아가고 말이야."

어디서 들었는지, 이렇게 설명을 줄줄이 늘어놓았다. 청주가 쥐노래미의 감칠맛을 이끌어 낸다고 한다.

"청주가 끓기 시작하면 설탕, 간장, 미림을 넣고 푹 조리는 거야. 이제 윤기가 돌면 완성이지. 식당에서 팔아도 되겠지?"

정말 그랬다. 아마추어의 요리라고는 생각되지 않을 정도의 완성도였다.

"오빠 대단하다."

고토코는 오빠가 만든 쥐노래미 조림을 무척 좋아해서, 쥐노래미를 잡아올 때면 항상 만들어 달라고 졸랐다.

"어떻게 이 요리를 아세요?"

고토코는 가이에게 물었다. 추억 밥상을 예약하기는

했지만, 구체적으로 무엇을 만들어 달라는 말은 하지 않았다. 일반적인 가게젠, 그러니까 장례식이나 제삿날 준비하는 것 같은 음식이 나올 거라고 생각하고 있었다.

우연의 일치일까?

그럴 리 없다. 아무리 생각해도 말이 안 된다. 쥐노래미 조림을 가게젠으로 낸다는 이야기는 들은 적이 없다. 게다가 가이가 내온 조림은 오빠가 만든 것과 아주 똑같았다.

"그렇게 놀라실 것까지는 없습니다."

가이가 수첩을 하나 꺼내며 내막을 밝혔다. 손에 쏙 들어오는 크기의 두꺼운 수첩이었는데, 언뜻 보기에도 오랫동안 써 온 것 같았다.

"여기에 메모가 되어 있어요."

"네?"

"니키 유이토 님은 저희 가게의 단골이셨습니다. 이 근처 바닷가에 쥐노래미 낚시를 하러 종종 오셨던 것 같습니다."

그랬다. 구마가이가 그렇게 말했던 것을 잊고 있었다. 요리가 비슷한 이유도 납득이 갔다. 오빠는 이 식당의 생선조림 맛을 흉내 낸 것이었다. 만드는 방법을 배워 왔는지도 모른다.

하지만 구마가이가 말한 50세 정도의 여사장님은 없다. 칠판의 글씨는 여자가 쓴 것처럼 보였고, 앞치마의 자수도 여성용이라는 느낌이었지만 다른 사람이 있다는 기척은 없었다. 식당 안에는 가이와 꼬마, 둘뿐이었다.

가이는 수첩을 앞치마 주머니에 도로 넣고는 요리를 일인분 더 내려놓았다. 오빠의 몫이다.

"그럼 천천히 즐겨주십시오."

고개 숙여 인사를 하고 부엌으로 돌아갔다.

쥐노래미 조림과 밥, 된장국. 장례식 때 준비되는 형식적인 가게젠과는 달리 추억이 담긴 요리다.

오빠는 아직 나타나지 않았다.

목소리도 들리지 않는다.

너무 조용한 탓에 괘종시계 소리마저 크게 느껴졌다. 창밖에서는 파도 소리와 괭이갈매기의 울음소리가 들려왔다.

쥐노래미 조림을 얻어먹을 수 없다는 걸 깨달았는지, 꼬마가 고토코의 맞은편에 있는 의자에 올라가 둥글게 몸을 말았다. 추억 밥상이 놓여 있는 자리다. 죽은 사람이 나타날 듯한 조짐은 전혀 없었다.

고토코의 어깨가 축 처졌다.

편안한 느낌의 식당이지만 기대한 장소는 아니었다. 구마가이의 말과 달리 오빠를 만날 수 있을 것 같지 않았다.

실망하면서도 형식적으로나마 손을 모으고 젓가락을 집었다.

"잘 먹겠습니다."

식사를 시작하려 했다. 솔직히 말해서 배는 전혀 고프지 않았다. 하지만 음식에 손도 대지 않고 남기는 것은 실례다. 일단 생선조림만이라도 먹어보자고 생각하며 젓가락을 들었다.

쥐노래미 조림은 살이 쉽게 발라진다. 젓가락으로 살짝 집어 들기만 했는데 깨끗하게 살점이 떨어져 나왔다. 하얀 생선살에 반투명한 갈색 양념이 묻어 있었다.

식욕이라곤 전혀 없었는데, 목구멍에서 꿀꺽 소리가 났다. 간장과 설탕의 달콤짭짤한 냄새가 코를 간지럽혔다. 빨리 먹고 싶다는 생각까지 들었다.

집어 든 쥐노래미 조림을 그대로 입으로 가져갔다. 양념이 맛있다는 게 가장 먼저 느껴졌다. 달콤하고 짭조름하면서, 맛에 깊이가 있고, 흰살생선의 맛을 돋보이게 하는 양념이다. 씹어 보았더니 담백하면서도 감칠맛 나는 쥐노래미의 살이 고토코의 혀 위에서 양념과 한데 섞여 천천히 사라졌다.

너무 맛있어서 저도 모르게 목소리가 나왔다.

"오빠가 만든 쥐노래미 조림보다 훨씬 맛있네……."

중얼거리고 나서 고개를 갸웃거렸다. 목소리가 이상하게도, 흐릿하게 울려서 들렸다. 감기에 걸렸나 생각했지만, 목은 아프지 않다. 무엇보다 감기에 걸렸을 때도 목소리가 이렇게 변한 적은 없었다.

목이 아니라 귀가 이상한가? 무슨 병에라도 걸린 건 아닐까?

걱정하고 있는데 남자의 목소리가 말을 걸어왔다.

"그건 당연한 거 아니야? 프로가 만든 요리인데."

방금 고토코가 중얼거린 말에 대한 대답 같았지만, 가이의 목소리는 아니다. 그 목소리는 식당 밖에서부터 들려왔다. 들은 적이 있는 목소리다. 여름방학의 그날까지, 사고가 일어나는 순간까지 매일같이 듣던 목소리다.

"말도 안 돼……."

고토코의 중얼거림과 동시에 딸랑딸랑 도어벨이 울렸다. 고양이 식당의 문이 열리더니 누군가가 식당 안으로 들어오는 기척이 느껴졌다.

시선이 저절로 그쪽을 향했다. 키가 큰 하얀 그림자가 식당 안으로 들어오고 있었다.

"냐아아."

꼬마가 몸을 일으키더니 들어온 손님에게 자리를 양보하는 것처럼 의자에서 뛰어내려 안락의자로 돌아갔다.

그때 안락의자 옆에 있던 괘종시계가 눈에 들어왔다. 바늘이 움직이지 않았다. 시계가 멈춰 있다.

이상하네.

마치 시간이 멈춰버린 것처럼, 파도 소리도 괭이갈매기의 울음소리도 사라져버렸다. 바람 소리조차 들리지 않는다.

"뭐지? 대체 무슨 일이 일어난 거야……?"

질문하는 목소리에 답하듯이, 식당 안이 안개로 가득

찼다. 그리고 키가 큰 하얀 그림자가 다가왔다.

오빠였다. 오빠라는 걸 알 수 있는 목소리가 고토코에게 말을 걸어왔다.

"고토코, 오랜만이야."

죽은 오빠가 나타난 것이다.

오빠를 만나고 싶은 마음에 기적을 찾아 여기까지 왔지만, 막상 정말로 나타나자 말이 나오지 않았다.

도움을 구하듯이 가이를 찾았지만, 기척이 없었다. 고토코와 꼬마만이 다른 세계로 흘러든 것 같았다.

"앉아도 될까?"

"……응."

고개를 끄덕이자 맞은편 자리에 앉았다. 거기에는 오빠 몫의 추억 밥상이 놓여 있다. 아직 따뜻한지 김이 올라오고 있었다.

"맛있어 보이는 쥐노래미 조림이구나."

기뻐하며 이렇게 말했다. 소리가 울리기는 했지만, 그 말씨는 살아 있을 때와 똑같았다. 오빠가 틀림없다.

고토코는 퍼뜩 정신을 차렸다. 오빠가 나타났다면, 이러고 있을 때가 아니다.

"엄마와 아빠를 모셔 올게."

부모님을 만나게 해줘야 한다고 생각했다. 누구보다도 오빠를 만나고 싶어 하니까, 기뻐하실 것이 분명하다.

전화를 하는 편이 빠르겠지만, 이 상황을 잘 설명할 자신이 없었다. 일단 집으로 가서 부모님을 모셔오자. 그렇게 생각하고 의자에서 막 일어서려는데, 오빠가 고토코를 말렸다.

"그만둬."

오빠는 고토코의 생각을 다 아는 것 같았지만, 고토코는 오빠가 무슨 생각을 하는지 알 수가 없다. 그래서 되물었다.

"왜?"

"모셔왔을 무렵이면 난 이미 사라졌을 테니까."

"사라져⋯⋯? 없어진다는 거야?"

"그래."

오빠는 고개를 끄덕이며 고토코가 모르는 사실을 가르쳐 주었다.

"이쪽 세계에 그렇게 오래 있을 수는 없어. 내가 이쪽에 있을 수 있는 것은 이 식사를 하는 동안뿐이야."

안 먹고 두면 되잖아. 그렇게 말하려 했을 때, 문득 장례식 때 들은 이야기가 생각났다.

죽은 자가 먹는 것은 냄새뿐입니다. 향을 피우는 것도 마찬가지로 그 향기가 죽은 자의 식사가 되기 때문입니다.

역시 고토코의 생각이 다 전해지는지, 오빠는 고개를 끄덕였다.

"식으면 더 이상 냄새를 느끼지 못하거든. 음식에서 나오는 김이 내 식사라고 생각하면 돼."

김이 오르는 동안에만 현세에 있을 수 있다는 뜻인가 보다. 모처럼 만났는데, 추억 밥상이 식을 때까지만 함께 있을 수 있다니.

"그리고 또 하나."

오빠는 말을 이었다.

"이 세계에 올 수 있는 것은 오늘뿐이야. 이 시간이 끝나면 아마 두 번 다시는 현세에 올 수 없을 거야. 너와 이야기하는 것도 불가능해."

'아마'라고 말했지만 오빠의 목소리는 확신에 차 있었다. 이게 마지막임을 알고 있는 것이다.

"세, 세상에."

비명을 지르다시피 하며 뭐라 말하려 했지만, 말을 잇지 못했다. 누구에게 항의를 하면 되는지 알 수가 없었다.

그저 망연자실했다. 어떻게 하면 좋지? 오빠가 죽은 뒤 계속 이런 상태다. 그런 고토코를 다독이듯이 오빠가 말을 이었다.

"한 번뿐이라도 만날 수 있는 것이 기적이니까 말이야."

고토코도 기적이라고 생각하지만 순순히 인정하기가 힘들다. 역시 납득할 수가 없다. 이걸로 충분하다는 마음이 들지 않았다. 고토코가 먼저 만나는 바람에 부모님을 오빠와 만나게 해드릴 수가 없게 되어 버렸다.

불단 앞에 앉아 있는 부모님의 뒷모습이 떠올랐다. 최근 석 달 사이에 더욱 작아지고, 두 분 다 흰머리가 늘었다. 오빠를 만나고 싶으실 텐데.

그런데도 만나게 해드릴 수가 없다.

한 번밖에 없는 기회를 내가 써 버리다니. 부모님께 이야기도 하지 않고 혼자서 오빠를 만나러 온 것이 후회스러웠다.

"후회해도 시간을 되돌릴 수는 없어."

오빠는 상냥한 목소리로 말했다. 잔혹한 사실이지만 말 그대로다. 후회하고 있는 동안에도 시간은 계속 흘러간다.

쥐노래미 조림이 식기 시작해 더 이상 김이 나지 않게 되었다. 밥도, 된장국도 그렇다. 추억 밥상이 식어가고 있다.

시간이 없다.

이 상태로는 10분도 안 되어 완전히 식어 버릴 것이다. 그리고 오빠는 저세상으로 돌아가 버린다.

고토코는 당황했다. 궁지에 몰린 기분이다. 뭐라도 말을 꺼내려고 했지만 긴장한 나머지 목소리도 나오지 않고 할 말도 떠오르지 않는다. 머릿속이 새하얘져 버렸다.

다시 시간이 좀 더 흘렀지만, 고토코는 여전히 아무 말도 하지 못했다.

이제 늦었다.

아무 말도 못하고 오빠와의 시간이 끝나 버린다. 기적 같은 시간을 쓸데없이 날려 버렸다. 그렇게 생각했을 때였다.

"이것도 드셔보세요."

누군가가 말을 걸었다. 그 목소리는 울리지 않았다.

얼굴을 들자 어느새 테이블 한편에 가이가 서 있었다. 내내 모습을 보이지 않던 가이가 나타난 것이다.

"음식이 하나 더 있습니다."

가이는 정중하게 말했다. 가이에게는 오빠의 모습이 보이지 않는지, 그쪽에 시선을 향하는 일 없이 테이블 위에 요리를 올렸다.

이것도 2인분이다.

따끈따끈한 밥과 자그마한 접시.

접시에는 반투명한 네모 모양의 젤리가 몇 개 담겨 있었다. 젤리는 갈색을 띤 보석처럼 아름답게 반짝였다.

"이야, 이거 맛있는 건데."

오빠가 말을 꺼냈지만 가이는 반응이 없었다. 그에게는 역시 오빠의 목소리가 들리지 않고 모습도 보이지 않는 모양이다.

"맛있는 거……."

그 말을 똑같이 따라서 중얼거리자, 가이가 고개를

끄덕였다.

"저희 식당에서 가장 자신 있는 요리랍니다."

고토코의 목소리는 들리나 보다. 그것만으로도 괜스레 마음이 든든했다. 내 편이 나타난 것 같은 기분이 들었다.

"이건 뭔가요……?"

여전히 웅웅 울리는 목소리로 묻자, 가이가 보석같이 아름다운 요리의 정체를 가르쳐 주었다.

"쥐노래미의 니코고리를 가져왔습니다."

생선을 조린 국물을 차갑게 식혀 굳힌 것을 '니코고리'라고 한다. 가자미나 넙치같이 젤라틴이 풍부한 생선으로 만들 수 있다.

국물에 발라낸 생선살을 넣어 한천이나 식용 젤라틴으로 굳혀서 만들기도 하지만, 눈앞의 요리는 쥐노래미를 조려낸 국물만으로 만든 것이었다.

꾸벅 고개를 숙여 보이고 가이는 사라졌다. 부엌으로 돌아간 것뿐이지만, 고토코에게는 안개 저편으로 사라진 것처럼 느껴졌다.

다시 오빠와 둘만 남았다. 꼬마는 안락의자 위에 잠들어 있다. 때때로 무언가 소리를 내는 것을 보면 꿈이라도 꾸고 있는 거겠지. 고양이도 사람과 마찬가지로 꿈을 꾼다는 이야기를 들은 적이 있다.

가이가 사라지기를 기다렸다는 듯이 오빠가 말했다.

"이 집 니코고리는 진짜 맛있어. 밥 위에 올려서 먹어봐."

테이블에는 보석같이 아름다운 니코고리가 놓여 있고, 그 옆에 새로 준비된 밥은 갓 지었는지 뜨거운 김이 올라왔다. 밥을 먹고 있을 때가 아닌데 싶었지만, 가이가 만들어준 요리에 마음이 끌렸다.

"빨리 먹지 않으면 밥이 식어 버려."

오빠가 다시 한 번 재촉했다. 동생에게 먹이고 싶을 정도로 맛있다는 의미일 것이다.

"응."

고토코는 고개를 끄덕이고 젓가락으로 반투명한 네모 젤리를 하나 집어 들었다.

뭉그러지지 않을 정도로 굳어 있었지만, 부드러운 탄력이 있다. 그것을 김이 올라오고 있는 밥 위에 살그머니

올렸다.

니코고리는 열에 약하다. 반짝반짝 빛나는 반투명한 네모 젤리가 갓 지은 밥의 온기에 천천히 녹아들면서, 젤라틴에 갇혀 있던 생선조림의 냄새가 퍼져 나왔다. 간장과 설탕, 생선의 향이 모두 한데 섞여 밥에서 올라오는 김과 함께 피어올랐다.

니코고리가 스며든 밥을 젓가락으로 집어 올려 입에 넣었다. 그 순간, 입 안에서 감칠맛이 춤을 추었다. 비린내가 쏙 빠진 생선의 맛이다.

담백한 밥맛에 응축된 쥐노래미의 맛과 지방이 어우러졌다. 씹어 보았더니 달콤짭짤한 조림국물과 갓 지어낸 밥맛이 입 안에서 가득 퍼져나갔다. 완전히 녹지 않았던 니코고리가 혀 위에서 사르르 녹았다.

"실력 없는 식당에서 만든 건 생선 비린내가 나서 먹기 힘들 정도거든. 여기의 니코고리는 비린내가 하나도 안 나지?"

"응."

"처음에 제대로 청주를 넣어 함께 끓여서 그런 거야."

마치 자기의 솜씨인 것처럼 자랑을 한다. 그 모습이

우스워서 어느새 어깨에서 힘이 빠졌다. 기분이 좀 편해졌다. 지금이라면 하고 싶었던 말을 할 수 있을 것 같다.

고토코는 젓가락과 밥그릇을 내려놓고 오빠에게 머리를 숙였다.

"정말 미안해."

"응? 미안하다니 뭐가?"

"교통사고 말이야."

"아아……. 그건 네 탓이 아니잖아."

아니, 고토코의 탓이다. 고토코를 구하려다 오빠의 인생은 끝나 버렸다. 좀 더 주의를 기울였다면, 사고를 피할 수 있었을지 모른다. 오빠가 죽지 않고 넘어갔을지도 모른다.

달려든 자동차 탓이다. 아무리 그렇게 스스로에게 말해도 내 탓이라는 생각이 사라지지 않았다. 그것은 고토코의 마음에 큰 상처가 되었다.

"그렇게 마음에 두지 마."

오빠는 고토코를 위로해 주었다. 오빠는 착해서 항상 고토코를 도와준다. 몇 번이나 그랬던 기억이 있다.

초등학생 때 바다에 빠져 죽을 뻔한 적이 있는데, 그때도 오빠가 구해주었다. 다른 아이가 괴롭히는 것을 보고 도와준 적도 있고, 공부도 가르쳐 주었다. 철봉을 못하겠다고 하면 가까운 공원에서 요령을 알려주었다. 수영을 가르쳐준 것도 오빠다.

고토코의 옆에는 항상 오빠가 있으면서 곤란할 때마다 도와주었고, 고토코가 울지 않도록 힘을 빌려주었다.

하지만 이제는 없다.

오빠는 죽었다. 고토코 때문에.

"……어떻게 그래."

고토코는 젖어드는 목소리로 중얼거렸다. 작은 목소리였는데, 이상하게 크게 들렸다. 진심을 담아 한 말이라서일까. 고토코는 말을 이었다.

"마음에 두지 말라고 하지만, 그럴 수 있을 리가 없잖아."

"그건 그럴지도 모르겠다."

오빠도 인정했다. 고토코는 다시 한 번 물었다.

"나는 어떻게 해야 해?"

사고가 일어난 날부터 괴로워서 견딜 수가 없었다.

여기까지 온 것은 오빠에게 도움을 받고 싶었기 때문이다. 오빠가 사라진 세계에서, 어떻게 살아가면 좋을지 가르쳐 주었으면 했다.

맞은편 자리를 보자 니코고리와 함께 차려진 밥에서 김이 사라져가고 있었다. 조금 전에는 가이가 새로운 요리를 가져다 주었지만, 더 이상 추가 요리는 없을 것이다. 오빠가 현세에 있을 수 있는 시간은 이제 조금밖에 남지 않았다.

오빠는 잠시 아무 말이 없었다. 김이 사라져가는 모양을 묵묵히 바라보고 있다. 죽은 사람에게 살아갈 방법을 묻는 것은 잔혹한 질문이었는지도 모르겠다.

이대로 아무 말 없이 사라지려는 걸까 생각한 순간, 오빠가 말을 꺼냈다.

"한 가지 부탁이 있어."

온화하지만 진지한 목소리였다. 고토코의 물음에는 답하지 않을 생각인 것 같았다.

그렇다 해도 어쩔 수 없다. 자기 일만 생각한 고토코의 잘못이니까. 추억 밥상이 식어감에 따라 오빠의 모습도 희미해지기 시작했다. 고토코는 이별을 각오했다.

"무슨 부탁인데?"

재촉하듯이 묻자 오빠가 다시 입을 열었고, 고토코가 들은 것은 생각도 못한 말이었다.

"무대에 서줬으면 해."

"뭐라고?"

의미를 알 수 없어 되물었다. 그러자 오빠가 다시 말했다.

"앞으로 네가 연극을 계속했으면 좋겠어. 배우로서 무대에 섰으면 해. 그게 내 부탁이고, 아까의 질문에 대한 답이야."

"내 질문에 대한 답이라고?"

"그래. 어떻게 해야 하냐고 물었지? 앞으로 배우로 살아가는 거야."

고토코는 당황했다. 어째서 그런 말을 하는지 알 수가 없었다. 한 번 더 되물으려 했지만, 이미 시간이 없었다.

"그럼 이제 가볼까."

오빠가 일어섰다. 이 세상에서 떠나가려 한다. 가버리면 두 번 다시 만날 수 없을 것이다.

오빠, 기다려.

그렇게 말하려고 했지만 목소리가 나오지 않았다. 입도 움직이지 않고, 온몸이 굳어 버렸다. 시간이 멈춰 버린 것 같았다.

그런 고토코를 내버려 둔 채 오빠가 문으로 향했다. 안락의자에 잠들어 있던 꼬마가 깨어나 뛰어내려 오더니 타박타박 걷기 시작했다. 그리고 식당 문 앞에 오도카니 앉아 인사를 하는 것처럼 짧게 울었다.

"냐아."

오빠는 고양이의 말을 이해한 모양이다.

"그래, 잘 있으렴."

꼬마에게 인사를 건네고, 문을 열었다. 딸랑딸랑 도어벨이 울렸다. 그 소리는 울리지 않고 맑게 퍼져나갔다.

밖은 온통 새하얗다. 안개에 휩싸여 바다도 하늘도 모래언덕도 보이지 않은 채 환한 빛만이 넘쳐흘러 마치 구름 속에 있는 것 같았다.

오빠가 가 버리려 한다. 고토코 앞에서 사라지려 하고 있다. 힘을 쥐어짜 입을 움직였다.

"오빠."

간신히 불러 말을 걸 수 있었다.

오빠는 돌아보지 않았지만, 대답은 해주었다.

"만나러 와줘서 고마워. 널 지켜보고 있을게. 우린 계속 함께 있을 거야. 나는 네 안에 있어."

그것이 마지막 말이었다. 오빠는 문을 나섰다. 저세상으로 돌아간 것이다.

몇 초나 지났을까? 문득 정신을 차리자 원래의 세계로 돌아와 있었다.

안개가 개고, 괘종시계는 째깍째깍 소리를 냈다. 꿈을 꿨나 싶었지만, 꼬마가 문 옆에 앉아 있고 문은 열려 있었다. 오빠가 닫지 않은 채 가 버린 것이다.

그리고 고토코의 귀에는 오빠의 말이 남아 있었다.

"무대에 서줬으면 해."

"네가 연극을 계속했으면 좋겠어."

"배우로서 무대 위에 서줘."

"배우로 살아가는 거야."

분명히 그렇게 말했다. 자기 대신 성공해 달라는 뜻일까?

달리 해석할 방도가 없었지만, 그건 아니라는 기분이 들었다. 오빠는 자신의 꿈을 타인에게 부탁하는 사람이 아니다. 하물며 동생에게 강요할 리는 더더욱 없다.

생각에 빠져 있자니 꼬마가 발밑으로 다가와 고토코의 얼굴을 들여다보며 울었다.

"냐아아."

울음소리가 원래대로 돌아가 있다. 이제 울리지 않았다. 고토코의 얼굴을 빤히 바라보면서 꼬마는 뚜렷해진 목소리로 한 번 더 울었다.

"냐앙."

뭔가를 가르쳐 주려는 것 같았지만, 오빠와 달리 고토코는 고양이의 말을 이해할 수 없었다. 그래도 뭔가 힌트라도 얻을 수 있을까 하고 꼬마의 얼굴을 들여다보았다.

꼬마야, 가르쳐 줘.

오빠는 어째서 그런 말을 했을까?

꼬마는 가르쳐주지 않았지만, 발소리가 들려왔다.

"후식으로 녹차를 가져왔습니다."

가이가 다가온 것이었다. 여전히 조심스럽고 차분한 태도였다. 가이는 테이블에 차를 올려놓고는 부엌으로 다시 돌아가려 했다.

"저기……."

고토코가 가이를 불러 세웠다.

"네?"

"여쭤보고 싶은 게 있는데요."

"무엇이든 말씀하십시오."

가이는 그렇게 말해주었다. 이 일에 대해서 물어볼 수 있는 사람은 이 세상에 가이밖에 없다. 수수께끼를 풀고 싶었다. 오빠가 어째서 그런 말을 했는지를 알고 싶었다.

"오빠가 나타났어요."

방금 일어난 일을 이야기한 뒤, 고토코는 가이에게 물었다.

"어째서 오빠는 그런 말을 한 것일까요?"

침묵이 흘렀다.

긴 침묵이었다.

다만 고토코의 눈에는 가이가 생각에 잠겨 있다기보다는 답을 말해도 좋을지를 검토하고 있는 듯이 보였다.

가이는 오빠의 마음을 알고 있는 것이다. 그렇게 느껴졌다.

"부탁드려요. 가르쳐 주세요."

다시 한 번 부탁하자 겨우 대답이 돌아왔다.

"지금부터 이야기하는 것은 어디까지나 제 사견입니다. 그래도 괜찮으시겠습니까?"

"아…… 네."

고토코가 고개를 끄덕이는 것을 보고서야 가이는 수수께끼 풀이를 시작했다.

"오빠께서 한 번 더 무대에 서고 싶은 것이 아닐까요?"

"네……? 제가 무대에 선다고 해도 오빠와 대체 무슨 관계가?"

그렇게 말하려던 차에, 문득 오빠의 말이 뇌리에 스쳤다.

"우린 계속 함께 있을 거야. 나는 네 안에 있어."

그 말이 정말이라면 고토코가 무대에 오를 때 오빠도 함께 무대에 서는 셈이다.

고토코는 오빠의 마음을 생각했다. 대학을 그만두면

서까지 시작한 연극에 미련이 있는 것은 당연하다. 물론 행인 역할로는 오빠가 만족하지 않을 것이다. 오빠는 극단의 중심이었다. 늘 무대의 중앙에 서 있었으니까.

"저, 다시 극단에 들어갈래요."

고토코는 말했다. 오빠를 위해서만은 아니다. 무대 한가운데에 서고 싶다고 생각한 것이다. 계속 연극을 하고 싶었는지도 모르겠다.

그것은 오빠를 잊지 않기 위해서기도 하다. 앞으로 살아갈수록 오빠와 함께 보낸 날들은 멀어져갈 것이다. 그러나 고토코가 무대에 선다면 계속 함께다. 배우를 계속하는 한, 오빠의 뒷모습을 따라가게 될 것이다.

나에게는 무리야, 아무것도 못해, 이런 생각은 어느새 사라졌다. 지금 당장이라도 연습을 시작하고 싶어졌다.

"한 번 더 연극을 해보려고요."

그렇게 말하자 가이가 고토코에게 응원의 말을 해주었다.

"힘내세요. 꼬마와 함께 응원하겠습니다."

그 말에 찬성하는 것처럼 꼬마가 꼬리를 획획 흔들었다.

오전 10시가 넘어 폐점 시간이 되었다. 결국 마지막까지 손님은 고토코 한 사람뿐이었다. 추억 밥상의 예약이 들어오면 다른 손님은 거절하는지도 모른다.

추억 밥상의 가격은 저렴하지는 않았지만, 터무니없이 비싸지도 않았다. 식당을 통째로 빌린 셈이라고 생각하면 납득될 만한 가격이었다.

고토코는 계산을 끝내고 가이와 꼬마에게 고개 숙여 인사했다.

"잘 먹었습니다."

도어벨이 달린 문을 열고 고양이 식당 밖으로 나섰다. 상쾌한 푸른 하늘과 바다가 펼쳐졌다. 괭이갈매기가 지루한 듯이 모래언덕 위를 걷고 있다. 그리고 시원한 바람이 불어왔다.

"모자가 날아가지 않게 조심하세요."

가이가 말했다. 식당 밖까지 배웅하러 나온 것이었다. 폐점 시간이니까 가게 앞에 세워 둔 칠판을 들여놓으려는 건지도 모른다.

꼬마는 식당 밖으로 나오지 않았다. 밖에 나오면 안 된다고 가이에게 주의를 받았기 때문일 것이다.

"네, 조심할게요."

고토코는 이렇게 대답하고 모자를 깊이 눌러 썼다. 가이가 주워준 모자다.

바로 눈앞에 하얀 조개껍데기가 깔린 오솔길이 있다. 겨우 한 시간 정도 전에 여기에서 가이와 만났다. 인생을 뒤바꾼 만남이었다.

바닷가 마을에 오길 잘했어.

고양이 식당에 찾아오길 잘했어.

충분히 만족스러웠지만, 도쿄에 돌아가기 전에 한 가지 더 묻고 싶은 것이 있었다. 그 질문을 하기 위해서는 용기가 조금 필요했지만, 마음을 굳게 먹고 가이에게 물었다.

"또 와도 될까요? 다음에는 추억 밥상이 아니라 평범한 식사를 하러 올게요."

쭈뼛거리는 말투가 나와 버렸다. 이렇게 멀리까지 또 온다고요? 하고 웃어넘기는 것은 아닐까 생각했지만, 가이는 상냥했다.

"물론입니다. 언제든 찾아주세요. 맛있는 요리를 준비해서 기다리고 있겠습니다."

다시 가이와 꼬마를 만날 수 있다.

고토코는 그날이 기다려졌다.

두 번째 추억

검은 고양이와
첫사랑 샌드위치

달걀

지바현에서 달걀을 얻기 위한 양계 규모는 계속 확대되어 왔다. 2018년 기준 사육 마릿수 9,450마리(일본 내 2위)로 전국에서도 손꼽히는 규모다.* 채소와 콩, 옥수수뿐 아니라 물고기와 해조류를 사료로 채소, 대두, 옥수수에 더해 생선과 조개, 해조류를 사료로 주고 있어 달고 풍미가 있으며 부드러운 맛을 자랑한다. 요리만이 아니라 제과류나 아이스크림을 만들기에도 잘 어울린다는 평가를 받고 있다.

기미쓰시에 있는 '에이코 농장'에서는 노른자가 진한 주황색을 띠는 뛰어난 품질의 달걀을 구입할 수 있다.

* 출처 : 지바현 홈페이지 참고

봄방학이 끝나고, 하시모토 다이지는 초등학교 5학년
이 되었다. 반 친구들 중에는 게임에만 열심인 애들도 있
지만, 다이지는 바빴다.

　학교가 끝나면 학원에 가야 한다. 숙제도 엄청나게
많고, 스스로 결정한 공부 할당량도 있다. 게다가 사립
중학교 입시를 치를 생각이었기 때문에 모의고사도 봐
야 한다.

　뭐, 공부는 싫어하지 않으니까 그렇게 스트레스를 받
지는 않았다. 피곤하기는 하지만 학교도 학원도 꾸준히
다니고 있다.

　그런데 다이지가 다니는 학원에 새로운 학생이 들어
왔다. 나카자토 후미카라는 이름의 여자아이였다.

이쪽으로 이사 온 지 얼마 되지 않았다고 한다. 어느 초등학교에 다니는지는 가르쳐주지 않았다. 학원이란 곳이 대체로 그렇긴 하다. 어디까지나 개인정보이고, 학원이 친구를 사귀러 오는 곳은 아니니까. 도중에 들어오는 학생이 있는가 하면, 어느새 모습이 안 보이는 학생도 있다. 일일이 신경 쓸 겨를이 없다.

세상에 사람은 많고, 그중 대부분은 나와는 상관이 없다. 후미카도 그런 사람들 중 한 명이라고 생각했다.

하지만 신경을 쓸 수밖에 없는 계기가 생겼다. 후미카가 첫 학원 내 시험에서 2등을 차지한 것이다. 1등인 다이지와 3점밖에 차이가 나지 않았다. 게다가 국어와 사회는 점수가 더 높았다. 이렇게 바짝 1등을 위협당한 것은 학원에서도 학교에서도 처음이었다.

"나카자토 대단한 애더라."

학원 내에는 그렇게 소문이 났다. 갑자기 좋은 성적을 받으니 소문이 날 만도 했다. 남학생 여학생 할 것 없이 모두 후미카에게 주목했다.

물론 다이지도 너무 놀란 나머지 후미카가 의식되기 시작했다. 좋아하는 여자아이돌과 생김새가 닮았다는 생각도 했지만, 말을 딱히 걸지는 않았다. 아직 초등학생이고, 여자아이에게 편하게 말을 걸 수 있는 성격도 아니었다. 말 한 마디 해본 적 없이 한 달이 지나갔다.

한 달에 몇 번은 일요일에도 학원에 간다. 학원 내 시험 대비를 위해 아침부터 저녁나절까지 공부를 하는 날이 있다.

점심은 알아서 도시락을 가지고 다녀야 했는데, 다이지의 부모님은 바빠서 도시락을 만들어줄 수가 없었다. 직접 도시락을 싸는 것도 귀찮으니까, 용돈을 받아서 편의점에서 빵이나 삼각 김밥을 사서 때우곤 했다. 다른 아이들도 많이들 그랬고, 직접 만든 도시락을 싸오는 학생 쪽이 오히려 드물었다.

그러다 보니 어느 날은 학원 점심시간에 편의점에 점심을 사러 갔는데 다이지가 좋아하는 빵과 삼각 김밥이 다 팔리고 없었다.

도시락은 있었지만, 교실이 아니라 공원 벤치에서 먹을 생각이었기 때문에 번거로운 음식을 사고 싶지는 않았다.

결국 쿠키와 커피우유를 샀다. 계산대에서 봉투는 필

요 없다고 말하고 바로 계산을 했다. 간식 같지만 둘 다 다이지가 좋아하는 것이었다.

공부를 하다 보면 달달한 것이 먹고 싶어진다. 빨리 먹어 치울 수 있는 것도 좋다. 빠른 걸음으로 항상 가는 공원으로 향했다.

그 공원은 학원 뒤쪽에 있어서 사람이 별로 없다. 누가 있다고 해봤자 여기를 근거지로 삼고 있는 검은 고양이와 가끔 근처의 극단 사람들이 발성 연습을 하러 오는 정도다. 지금까지도 여러 번 여기서 점심을 먹었지만, 사람이 있었던 적은 없었다. 다이지는 나만이 아는 장소라고 자부하고 있었다.

하지만 그날은 누군가가 있었다. 여자아이였다. 검은 고양이도, 극단 사람들도 없었지만, 대신 나카자토 후미카가 있었다.

학원 내 시험에서 다이지를 위협했던 그 후미카다. 공원 벤치에 앉아서 식사를 하려던 참이었는지, 바구니와 보온병을 무릎에 올려놓고 있었다.

'이런, 하필이면······.'

소리 내지 않고 속으로 중얼거렸다. 곤란하게 됐다.

이 공원에 벤치는 두 개밖에 없는데, 다른 하나는 부서져서 앉을 수가 없다. 누군가 있을 줄은 몰랐기 때문에 대안을 생각해 두지 않았다.

다이지가 선택할 수 있는 방법은 그리 많지 않다. 생각나는 방법은 세 가지다. 여기에서 선 채로 먹거나, 다른 장소를 찾거나, 교실로 돌아가서 먹거나.

망설이고 있자니 후미카가 말을 걸어왔다.

"점심 먹으려고?"

"……어, 먹을 거긴 한데."

동요하면서 대답했다. 말을 걸어올 거라고는 생각도 못했다.

길을 지나가다 같은 학교나 학원에 다니는 여자아이들을 마주치는 경우는 가끔 있지만, 인사도 하지 않고 서로 못 본 척하는 것이 보통이다. 이쪽에서도 말을 걸지 않고, 상대방이 말을 거는 일도 없다.

하지만 후미카는 다이지에게 말을 걸었다. 다이지가 아무 말 없이 서 있자 후미카가 다시 말했다.

"앉아서 먹지 왜."

자기 옆자리를 가리켰다. 같은 벤치에 앉으라는 뜻이

다. 다이지의 동요가 더 커졌다.

그냥 서서 먹어도 된다고 대답하려 했지만, 그러면 후미카를 의식하고 있는 것 같다. 그건 그것대로 억울하잖아.

"그래야겠다."

아무 일 아닌 척하며 다이지는 후미카의 옆자리에 앉았다. 그리고는 금방 후회했다. 벤치가 작아서 후미카와의 거리가 너무 가까웠고 손을 뻗으면 닿을 위치였기 때문이다.

너무 가까운 거리라 긴장이 되기 시작했다. 두근두근 심장 뛰는 소리가 후미카에게 들리는 것은 아닐까 걱정스러웠다.

원래 여자아이들이 남자아이들보다 어른스럽다고 하는데, 정말인 모양이다. 후미카는 아무렇지도 않아 보였다. 바구니를 열어서 먹을 것을 꺼내려는 참이었다.

무심결에 옆을 봤는데, 바구니에는 샌드위치가 들어 있었다. 달걀 샌드위치였다.

하지만 다이지가 알고 있는 달걀 샌드위치와는 상당히 달랐다. 아까 갔던 편의점에서도 팔지 않는 좀 특이한 샌드위치였다.

너무 빤히 쳐다봤을까? 후미카가 바구니 째로 샌드위치를 내밀었다.

"하나 줄게. 괜찮으면 먹을래? 이번에 좀 맛있게 된 것 같거든."

그 말에 놀랐다. 한 개 주겠다는 말에도 놀랐지만, 그 뒤로 이어진 말에 다이지는 자신의 귀를 의심했다.

"네가 직접 만들었다고?"

엉겁결에 반문하고 말았다. 초등학생이 만들었다고 는 믿어지지 않을 정도로, 깔끔하게 잘 만들어진 샌드위치였다.

"응. 엄마가 만든 달걀말이를 빵에 끼우기만 한 거지 만."

후미카가 대답했다. 장난스러운 얼굴을 보고 농담이 었다는 걸 알았다.

다이지는 참지 못하고 웃음을 터뜨리고는 대꾸했다.

"그건 사기 아니야? 전혀 직접 만든 게 아니잖아."

"그런가?"

후미카가 진지하게 말하고는 작게 웃었다. 그 웃는

얼굴을 보고 다이지는 한 번 더 타박을 했다.

"그런가는 뭐야. 그렇다니까."

이런 식으로 여자아이와 이야기하는 것은 처음이었지만, 같이 웃은 덕분에 긴장이 풀렸다. 여전히 심장이 콩닥거렸지만, 아까와는 다른 느낌이었다.

"정말 먹어도 돼?"

"응."

"고마워."

순순히 고맙다고 말하고, 샌드위치에 손을 뻗어 탄력 있는 빵을 꺼내 들었다. 그대로 입에 가져가자 빵과 달걀과 버터의 향이 느껴졌다.

샌드위치를 말끔히 해치우고 후미카에게 감상을 말했다.

"진짜 맛있다."

"정말? 엄마한테 전해줄게. 기뻐하실 거야. 하시모토, 고마워."

어째서 후미카의 어머니가 기뻐하시는 거지? 그리고 뭐가 고맙다는 걸까?

이때의 다이지는 이 말의 의미를 생각해보지 않고 홀

려들었다.

학원의 점심시간은 짧다. 샌드위치를 다 먹자 오후 수업이 시작되기 10분 전이었다.

후미카의 보온병에 들어 있던 호박 수프에서는 맛있는 냄새가 피어오르고 있었지만, 후미카는 뚜껑을 닫아 바구니에 넣었다.

"먹을 시간이 없네."

변명하듯이 말하고는 학원으로 돌아갈 준비를 시작했다. 이제 일어서지 않으면 지각할지도 모른다.

같은 학원에 다니고 있지만, 나란히 들어갈 정도의 배짱은 없었다. 후미카도 마찬가지였을 것이다.

"먼저 갈게."

다이지가 말하자 살짝 고개를 끄덕였다.

"응."

"나중에 봐."

벤치에서 일어나려는데, 문득 편의점에서 산 점심이 손도 대지 않은 채 남아 있다는 것을 깨달았다.

다이지는 조금 망설이다가 쿠키의 포장지를 뜯어서는 후미카에게 내밀었다.

"하나 줄게. 샌드위치 얻어먹었으니까."

답례를 할 생각이었다. 편의점에서 산 쿠키를 마지막에 하나씩 나눠 먹고 학원 교실로 돌아가면 되겠다고 생각한 것이다.

하지만 생각처럼 풀리지는 않았다. 쿠키를 본 순간 후미카가 곤란하다는 얼굴을 했다.

"고마워. 하지만……."

무언가를 말하려는 것 같았지만 귀 기울일 여유가 없었다. 거절당했다. 후미카가 귀찮다는 얼굴을 했다고 생각하자 바로 볼이 화끈거리는 것이 느껴졌다.

편의점에서 산 쿠키를 건네려다가 거절당한 것뿐인데, 고백했다가 차인 기분이 들었다.

같은 벤치에 앉아서 농담을 주고받고, 함께 웃고, 샌드위치를 나눠 먹었다. 이 정도면 친해졌다고 생각했다. 친구가 됐다고 여겼던 것이다.

하지만 그것은 착각이었다. 쿠키를 주겠다고 말한 것뿐인데 그렇게 곤란한 얼굴을 하다니.

친해졌다고 생각한 자신이 부끄러웠다. 다이지는 더 이상 아무 말도 하지 않고 쿠키 봉지를 억지로 주머니에

쑤셔 넣고는, 공원을 뛰쳐나갔다.

"하시모토!"

후미카의 목소리가 들렸지만 멈춰 서지 않았다.

"하시모토, 너 나카자토 후미카랑 사귀냐?"

교실로 돌아가서 자리에 앉은 순간, 다무라라는 남학
생이 이렇게 물었다. 일부러 다이지의 자리까지 와서 질
문한 것이다.

다무라는 성적도 나쁘고 학원에 놀러 오는 것이나 다
름없는 녀석이다. 불량학생까지는 아니지만, 성실하지도
않다. 수업 중에 스마트폰으로 게임을 하거나, 만화를 보
기도 한다.

바보 같다고 생각한다. 공부가 싫으면 학원에 오지
않으면 될 텐데 돈과 시간이 아깝다.

평소라면 상대도 하지 않을 텐데, 이날은 대꾸를 하고
말았다. 후미카의 이름을 들먹였기 때문일지도 모른다.

"무슨 소리야?"

퉁명스럽게 되묻자 다무라가 히죽히죽 웃으며 대답
했다.

"아까 둘이서 벤치에 앉아 있던데."

보고 있었구나.

심장이 덜컹 소리를 냈다. 날 놀리려는 것이 틀림없다. 그리고 후미카에게 쿠키를 거절당한 기억이 되살아났다. 후미카가 곤란한 얼굴을 했던 것이 생각났다.

쿠키 하나 정도 받아줄 수도 있잖아.

그렇게 생각하자 화가 나서 후미카에게 불평을 좀 하고 싶어졌다. 그래서 다이지는 성가시다는 표정을 짓고 다무라의 질문에 대답했다.

"사귀기는 무슨. 어쩌다 같이 벤치에 앉아 있었을 뿐이야."

이 대답은 문제가 없었다. 말투는 쌀쌀맞았지만 거짓말은 아니었다. 하지만 그 다음이 문제였다.

"진짜로? 사실은 나카자토 후미카를 좋아하는 건 아니고?"

그런 식으로 놀리는 말을 듣고 발끈한 나머지 다이지는 쓸데없는 말을 해 버리고 말았다. 그것도 큰소리로.

"좋아할 리가 없잖아. 오히려 싫으면 싫었지. 걔, 못생겼고, 말도 하기 싫어."

그 순간 교실이 조용해졌다. 몇몇 아이들이 교실 입구 쪽을 쳐다보았다. 교실 입구에 후미카가 서 있었다.

"야, 어떡하냐. 난 모르겠다."

다무라가 꽁무니를 뺐다.

후미카가 다이지의 말을 듣고 있었다.

그런 말 하지 말 걸.

싫다고, 못생겼다고, 말하기도 싫다고. 그런 말 하지 말 걸 그랬다. 적어도 그 자리에서 바로 사과했으면 좋았을 텐데. 다이지는 몇 번이고 그렇게 생각했다. 사과하고 싶어도 사과하지 못하는 상황이 되어 버렸다.

그 다음날부터 후미카는 학원에 나오지 않았다. 며칠을 쉬더니 학원을 그만둬 버렸다. 다이지의 말 때문에 그만둔 거라고는 생각하지 않았지만, 관계가 없다는 생각도 들지 않았다.

왜 그만뒀는지 물어보고 싶었지만, 주소도 전화번호도 메신저 아이디도 모른다. SNS에서 검색해봐도 동명이인만 검색될 뿐이다. 후미카와는 같은 초등학교를 다니지도 않아서 공통된 친구도 없고, 연락을 취할 방법이 없었다.

가슴에 구멍이 뻥 뚫린 기분이었다. 하지만 아무에게도 이야기하지 못한 채, 시간만이 흘러갔다.

이윽고 여름방학이 되었다. 지망 학교가 구체적으로 결정되고, 사립 중학교 입학시험에 대비해 학원의 수업도, 숙제도 급격히 많아졌다. 수업 진도를 따라가지 못해 그만두는 학생도 여럿 생겼다. 다이지가 아는 얼굴 중에도, 다무라가 학원에 나오지 않게 되었다.

공부는 힘들지 않다. 오히려 좋아한다. 그러니까 학교에서도 학원에서도 계속 1등을 하고 있다. 공부벌레라고 놀리는 애들도 있었지만, 신경 쓰지 않았다. 노력을 비웃는 인간따위 무시하면 그만이다. 상대하다 보면 시간만 아까울 뿐이다.

목표는 원하는 학교에 합격하는 것뿐.

그리고 하나 더, 아니 더 중요한 목표가 있었다. 다른 학원과 연합으로 치르는 모의고사의 성적 우수자 명단에 이름을 올리는 것이다.

어디로 가 버렸는지는 모르지만, 후미카도 분명 성적 우수자 명단을 볼 것이라고 생각한 것이다. 다이지가 모르는 학원에서라도, 모의고사를 치르고 있을 것이다. 후미카는 공부를 잘하니까, 중학교 입시도 치를 거라고 믿었다.

그래서 모의고사를 가능한 한 많이 신청했다. 전철을 타고 멀리까지 가야 해도 기꺼이 찾아갔다. 어딘가에서 후미카와 만날 수 있지 않을까 기대하면서.

하지만 만나지 못했다.

후미카는 없었다.

어느 시험장에도 없고, 어느 성적 우수자 명단에도 이름이 없었다. 다이지의 이름이 실린다고 한들, 과연 후미카가 보고 있을지는 알 수 없는 일이다. 아무리 멀리까지 모의고사를 보러 다니며 애를 써도, 소용없었다.

그야말로 처음부터 없었던 것처럼, 후미카는 사라져버렸다. 연기처럼 다이지 앞에서 사라졌다.

이대로 두번 다시 만나지 못하는 걸까?

누군가가 없어져도 세상은 계속 움직인다. 시간은 멈추지 않는다.

여름방학 특강이 끝나고, 계절은 가을로 접어들었다.

공부에 매달리는 사이에 어느새 달력은 11월이 되었다.

　매일 같은 일과를 반복하는 것 같지만, 여러 가지가 조금씩 바뀌어 갔다.

　이를테면 6학년이 되면 본격적인 수험 공부가 시작된다. 학원에 다니는 학생의 수도 늘어나고, 수험 대비반 편성이 이루어졌다. 학원의 진로 상담도 시작된다. 상담은 부모님과 함께 하는 경우도 있고, 선생님과 학생만 상담을 하는 경우도 있다. 아마 학원의 실적이 되기 때문인지, 성적이 좋은 학생은 여러 번 불려가곤 한다.

　그날 다이지는 학원 선생님께 불려갔다. 내년부터 들어가기 어렵다는 사립 중학교를 목표로 가장 수준이 높은 반에 들어가게 되었다. 그것을 확인하고 싶다는 것 같다.

　지망 학교는 이미 정해져 있었고, 모의고사 성적도 문제없었다. 다이지 쪽에서는 상담할 것이 없었다.

　"이대로만 가면 문제없을 거야. 하지만 방심하지 말고 열심히 하렴."

　학원 선생님은 지난번 면담 때와 똑같은 말을 했다. 다이지가 학원에 들어왔을 때부터 계속 근무하는 40대 중반의 남자 선생님이다.

"네, 방심하지 않고 끝까지 열심히 하겠습니다."

이야기를 끝낼 생각으로 이렇게 대답했다. 선생님을 싫어하는 것은 아니지만, 길게 대화하고 싶은 상대도 아니다. 빨리 혼자가 되고 싶었다.

하지만 면담은 끝나지 않았다.

"하시모토, 너 피곤하지는 않니? 몸 상태는 괜찮고?"

본론은 이제 시작이라는 듯이 선생님이 물어왔다. 아무래도 다이지의 컨디션이 걱정되셨던 모양이다.

"괜찮아요."

거짓말은 아니다. 몸은 건강했고, 감기에도 걸리지 않았다. 단지 식욕이 없어서 살이 빠졌을 뿐이다.

부모님은 그런 다이지가 걱정되어서 병원에도 데려갔지만, 역시나 이상은 없었다. 괴로운 것은 몸이 아니라 마음이었다. 후미카가 없어진 뒤로 가슴 깊은 곳이 항상 답답하고 아팠다. 혼자 있으면 눈물이 날 때도 있었다.

학원 선생님에게 그런 이야기를 할 생각은 없었지만, 선생님이 먼저 후미카 이야기를 꺼냈다.

"뭐, 학원에 라이벌이 없는 게 힘들지도 모르겠구나."

자신의 말에 납득하듯이 고개를 끄덕이더니, 지나가

듯 덧붙였다.

"나카자토가 있다면 좋은 라이벌이었을 텐데 말이야."

깜짝 놀랐다. 설마 여기서 나카자토의 이름이 나올
거라고는 생각도 못했다. 놀라는 다이지 쪽은 보지 않은
채 선생님은 혼잣말처럼 말을 이었다.

"어린애가 죽는 건 정말 마음이 아프다니까……"

"네?"

의미를 알 수가 없었다.

잠시 생각해보고 일단 다시 물어보았다.

"……누가 죽었다고요?"

선생님이 상관없는 이야기를 꺼낸 거라고 생각했다.
어쩌면 잘못 들었는지도 모른다.

하지만 다른 이야기가 아니었다. 선생님은 정말 그
후미카에 대해서 말하고 있었다.

"아니, 몰랐니?"

아차 했다는 표정이었지만, 다이지가 의아하게 바라
보고 있자 어깨를 으쓱하고는 입을 열었다.

"나카자토 말이야. 죽었다고 하더라."

"네?"

"기억 안 나니? 나카자토 후미카. 전에 언젠가 학원 시험에서 2등을 했던 애 말이야. 죽었대."

"언제요?"

"학원에 오지 않게 되고 얼마 안 돼서."

"어, 어쩌다가요……?"

"아팠어. 원래 지병이 있었다더라."

다이지의 얼굴을 보고 뭔가를 깨달았는지, 선생님은 후미카에 대해서 이야기를 해주었다. 거기에는 다이지가 모르는 후미카가 있었다.

몸이 약해서 초등학교에도 가지 못하는 아이가 있다.

놀러도 가지 못하고, 병원을 벗어나지도 못했다.

후미카도 그런 아이 중 한 명이었다. 태어나면서부터 심장이 약해서 집에 있기보다 입원해 있는 시간이 길었다. 책가방과 교과서는 가지고 있었지만, 학교에는 하루도 간 적이 없었다.

인간의 신체는 신기한 것이라서, 병이 나을 가망이 없어도 기운이 나는 시기가 가끔 있다. 후미카도 보통 아이들처럼 움직일 수 있는 시기가 있다.

적어도 그동안에만이라도 학교에 가고 싶다고 후미 카는 부모님과 의사 선생님을 졸랐다.

다른 아이들과 함께 공부를 하고 싶어.

친구를 사귀고 싶어.

여러 번 반복해서 그렇게 졸랐다고 한다. 후미카는 초등학교에 가고 싶었다. 평생에 한 번만이라도 좋으니 까, 학교에 가고 싶다고 했다.

후미카에게는 친구가 없어서, 이야기를 나눌 상대는 부모님과 의사, 그리고 간호사 선생님 정도였다.

소아병동에는 많은 아이들이 입원해 있었지만, 후미 카는 그 아이들과 가까워지려고 하지 않았다. 언제 죽을 지 모르는 아이가 많아서, 슬픔을 견딜 수 없다고 생각했 을 것이다.

부모는 그런 후미카의 마음을 알기에 더 마음이 아팠 다. 병원밖에 모르는 후미카가 불쌍했다. 같은 나이의 아 이들과 놀게 해주고 싶었다.

하지만 학교에 다니기에는 부담이 너무 컸다. 매일 등교를 하는 것도 무리였고, 체육도 하지 못할 것이다. 애초에 학교에서 받아줄지도 확신할 수 없었다.

그래서 의사와 상의한 끝에, 학교가 아니라 학원에 다니게 하기로 했다. 학교보다 융통성이 있으면서, 같은 나이의 아이들도 많이 있으니까.

아버지는 후미카에게 물었다.

"학원에 가보는 게 어떻겠니?"

"학원 공부는 어렵지 않을까요? 내가 따라갈 수 있으려나……."

후미카는 불안한 얼굴을 했지만, 아버지는 그 점에 대해서는 걱정하지 않았다.

"괜찮을 거야."

아버지는 장담했다. 학교에는 가본 적이 없지만 후미카는 집이나 병원에서 꾸준히 공부를 하고 있었다. 문제집과 참고서도 가지고 있고, 어려운 온라인 수업도 받고 있다. 언젠가 학교에 갈 날을 꿈꾸며 공부해왔다는 것을 부모는 알고 있었다.

결국 학교에는 가지 못했지만, 학원에 다니게 되어서 후미카는 기뻤다. 소원이 절반밖에 이루어지지 않았는데도 기뻐했다.

"친구가 생기려나?"

기뻐하면서도 조금은 걱정스러워 하며 부모님과 의사 선생님에게 말했다. 한 명이라도 좋으니까, 친구가 생겼으면 좋겠다고 했다. 함께 수다를 떨고, 나란히 앉아서 밥을 먹고 싶다고 했다.

그런 후미카를 보고 부모는 눈물을 삼켰다. 딸의 삶이 길지 않다는 것을 알고 있었기 때문이다.

이야기를 다 듣고 나서, 다이지는 가슴이 한층 더 괴로워졌다. 면담이 끝나자마자 학원 화장실 칸 안으로 뛰쳐들어가 울었다.

선생님의 이야기가, 병원에서 공부하는 후미카의 모습이, 차례로 다이지의 머릿속을 스쳤다. 학원에 가는 것을 기대하는 후미카의 모습이 떠올랐다.

그런데도, 후미카에게 그런 말을 하고 말았다.

안 그래도 아픈 아이에게 싫어한다는 말을 해 버렸다.

친구를 사귀고 싶어서 학원에 왔는데, 상처를 입히고 말았다.

미안해, 정말 미안해.

소리 없이 사과했다. 하지만 이제 와서 사과한다 해도

이미 늦은 일이었다. 후미카는 죽었다. 멀리 떠나 버렸다.

"미안해……."

아무리 사과해도, 후미카에게는 닿지 않는다. 인생에는 되돌릴 수 없는 일이 있다는 것을 다이지는 알게 되었다.

그날 집에 돌아가는 길이었다.

학원 뒤편에 있는 공원, 후미카와 나란히 벤치에 앉았던 공원 앞을 지나가는데, 주문 같은 이상한 말이 들려왔다.

"들의 콩깍지는 깐 콩깍지인가 안 깐 콩깍지인가 깐 콩깍지면 어떻고 안 깐 콩까지면 어떠냐 깐 콩깍지나 안 깐 콩깍지나 콩깍지는 다 콩깍지인데."

스무 살 정도 되어 보이는 젊은 여자가 발성 연습을 하고 있었다. 이 공원 근처에 극단의 연습장이 있어서, 가끔 이렇게 연습하는 모습을 보게 될 때가 있다.

여자의 옆에는 검은 고양이가 한 마리 있었다. 이 공

원에서 자주 만나는 녀석인데 털이 반지르르 하고 날씬
하다. 건방진 얼굴을 하고 있는 것으로 보아 아마도 수컷
일 것이다.

검은 고양이는 오도카니 앉아 발성 연습을 하는 여자
를 바라보고 있었다. 감독이라도 하는 양, 어딘가 거들먹
거리는 표정이다.

"냐옹."

고양이가 다이지를 보고 울었다. 그러자 여자가 발성
연습을 멈추고, 이쪽을 보았다.

"어머, 다이지."

다이지가 아는 사람이었다. 니키 고토코. 이웃집에 사
는 누나다. 어려서부터 친하게 지낸 데다, 잠시지만 다이
지에게 과외를 해준 적도 있다.

3개월 전에 고토코의 오빠가 교통사고로 세상을 떠
나는 바람에 굉장히 침울해하고 있었는데, 이제 힘이 좀
난 것 같다. 연극을 본격적으로 시작했다고 들었는데, 극
단에 들어간 모양이다.

연습에 방해가 되었나 생각했지만 고토코는 싫은 내
색 하나 없이 물었다.

"지금 학원 끝나서 가는 길이야?"

"네."

"고생이 많네."

"그렇지도 않아요."

그렇게 대답하는데, 고토코의 얼굴이 어쩐지 후미카와 닮았다는 생각이 들었다. 단지 그것뿐이었는데, 다이지는 울음을 터뜨리고 말았다.

학원 화장실에서 울었을 때보다 더 많이 눈물이 쏟아졌다. 이런 데서 우는 것은 부끄러웠지만, 눈물이 멈추질 않았다. 참아보려 했지만, 도저히 참을 수가 없었다.

고토코가 눈을 동그랗게 떴다. 갑자기 울음을 터뜨렸으니까, 놀라는 것도 당연하다. 걱정스럽게 물어왔다.

"무슨 일 있어?"

"주……죽었어요."

울면서, 다이지는 대답했다. 그렇게 말한 순간, 오열이 터져 나왔다. 울면서 후미카에 대해서 이야기했다.

고토코와 검은 고양이에게 인사를 하고, 공원을 떠났다. 집까지 달려가, 자기 방으로 들어갔다.

부모님은 아직 직장에서 돌아오지 않았다. 집에는 다이지 혼자뿐이다. 간식이 냉장고에 있을 테지만, 쳐다보지도 않은 채 방에 틀어박혀 스마트폰으로 검색을 시작했다.

고양이 식당.

고토코가 가르쳐준 식당에 대해 알아보기로 한 것이다. 그 식당은 지바현의 바닷가에 있다고 한다.

"추억 밥상이라고 알아?"

아까 공원에서 다이지의 이야기를 전부 들은 뒤 고토코가 물었다.

태어나서 처음 듣는 말이었다. 만화나 소설에 나오는 말인가 싶었지만, 다이지는 들은 적이 없다. 그렇게 대답하자 고토코가 설명을 시작했다.

"고양이 식당의 추억 밥상을 먹으면, 소중한 사람의 목소리가 들려오는 일이 있대."

"……소중한 사람?"

"응. 나 같은 경우는 오빠였어."

"네? 그렇지만……."

교통사고로 죽었다고 들었다.

"그래. 죽었지. 그런데 그 죽은 오빠와 이야기를 나눌 수 있었어. 고양이 식당에서 오빠를 만나고 왔거든."

"그게 대체……."

말문이 막힌 것은 어떻게 반응하면 좋을지 알 수 없었기 때문이다. 멍하니 있자니 고토코가 말을 이었다.

"믿을 수 없겠지만, 진짜야."

분명 믿을 수 있을 만한 이야기는 아니었다.

하지만 다이지는 믿었다.

죽은 사람과 대화를 할 수 있는 식당이 있다면, 후미카와도 이야기를 나눌 수 있을 거라고 믿고 싶었다.

"냐아아."

검은 고양이가 다이지와 고토코를 향해서 울더니, 꼬리를 휙휙 흔들면서 공원 밖으로 나갔다.

난 이만 집에 갈래.

이렇게 말하는 것만 같았다. 이 검은 고양이는 길고양이가 아니라 자기 집이 있어서, 거기로 돌아가려는 것인지도 모른다.

검은 고양이의 뒷모습을 바라보다가, 고토코가 깜빡

했다는 얼굴로 물었다.

"다이지, 고양이 괜찮아?"

"네?"

"알레르기가 있거나 하진 않아?"

"아…… 네. 괜찮아요."

"싫어하지도 않고?"

"뭐 그럭저럭……."

의미도 모른 채 고개를 끄덕였다. 고양이를 키운 적
은 없지만, 싫어하지도 않았다. 그렇게 말하자, 고토코가
안심한 듯이 웃었다.

"그럼 괜찮아."

"뭐가 말이에요?"

"고양이 식당에는 정말 고양이가 있거든."

그 식당의 명물 고양이 같은 것일까? 식당에서 키우
는 고양이가 텔레비전이나 인터넷에서 유명해지는 경우
도 많으니까.

"고양이 식당에 갈 거라면, 아버지나 어머니와 함께
가도록 해. 혹시 어렵다면 내가 같이 가줄게."

한바탕 설명을 끝내고서 고토코는 이렇게 말했지만, 같이 가자고 할 생각은 없었다. 물론 부모님과도 가지 않는다. 간다면 혼자서 가겠다고 결심했다. 부모님께는 말할 생각도 없었다.

고양이 식당의 전화번호는 들었지만, 예약을 하기 전에 인터넷으로 검색해 보기로 했다. 사전 정보를 얻고 싶었기 때문이다.

하지만 식당의 홈페이지는 없었고, 식당 정보 사이트에도 올라와 있지 않았다. 대신 개인 블로그를 발견했다. 병으로 입원해 있는 한 여성의 일기였다. 블로그 제목이 분필로 쓴 듯한 귀여운 글씨로 적혀 있었다.

고양이 식당의 추억 밥상

방문자가 많지는 않은지, 표시된 방문 횟수가 그리 많지는 않았다.

다이지는 그 블로그에 흥미를 느꼈다. 후미카도 입원해 있었다고 들었기 때문일까? 중요한 내용이 쓰여 있을 것만 같았다.

블로그를 쓰는 사람은 다이지의 어머니보다 나이가 많은 사람인 것 같았다. 그렇게 생각한 이유는 블로그를 시작한 무렵에 쓴 글에 이런 내용이 있었기 때문이다.

남편이 행방불명이 된 지 벌써 20년이 지났습니다.
바다에 낚시를 하러 나가서는 돌아오지 않았습니다.

해난 사고를 당해, 아직도 돌아오지 않았다고 한다.

살아 있을 리가 없다. 이제 포기해라.
경찰도, 그 지역 어부들도 이렇게 말했습니다. 하지만 도저히 포기할 수가 없었습니다.

"당신보다 오래 살게. 절대로 먼저 죽지 않을게."
결혼할 때, 남편은 그렇게 말했습니다. 나에게 약속해 주었습니다.
나는 그 말을 믿습니다. 아이와 나를 남겨두고 먼저 떠날 리가 없습니다.

이 여성은 꿋꿋하게 살아갔다. 생계를 위해 식당을 시작했다. 고양이 식당이라는 이름을 붙인 것은 작은 고양이를 키우고 있었기 때문이라고 한다.

귀여우면서도, 흔하지 않은 이름이다. 다이지도 한 번 듣고 기억했다. 기억에 남는 이름이라고 생각한다.

하지만 고양이 식당이 망하지 않았던 것은 이름 덕분이 아니라 인기 메뉴가 있었기 때문이다.

먹고 살 수 있게 된 것은 추억 밥상, 바로 가게젠 덕분입니다.

이것도 스마트폰으로 검색한 것이지만, 가게젠에는 두 가지 의미가 있다. 하나는 부재중인 사람을 위해서 준비하는 식사. 또 하나는 고인을 추모하기 위한 식사. 장례식이나 절에서 재를 지낼 때 고인을 위한 식사를 준비할 때가 있는데, 그것도 가게젠이라 불린다.

본래의 의미는 전자이지만, 최근에는 고인을 위한 식사를 뜻하는 경우가 더 많은 것 같다. 친척의 장례식에 갔을 때 고인을 위해 준비된 식사를 본 적이 있다.

손님의 주문과는 별도로 여자는 남편이 무사하기를

바라면서 가게젠을 만들었다. 그러자 죽은 가족이나 친척, 친구를 추모하기 위해 가게젠을 주문하는 손님이 나타났다. 장례식이나 잿날이 아니라도 고인을 추모하고 싶다고 생각하는 사람이 많이 있었던 것이다.

고양이 식당에서는 그것을 '추억 밥상'이라 이름 붙여 주문을 받았다. 고인과의 추억을 물어보고, 소중한 사람을 그리워하는 마음을 담아 요리를 만든 것이다.

기적이 일어났습니다.
믿을 수 없는 일이 생긴 것입니다.

마음을 담아 추억 밥상을 만들 때마다 소중한 사람과의 추억이 되살아나고, 때로는 고인의 목소리가 들리기도 했다. 죽은 사람과 만날 수 있었다는 사람마저 나타났다.
다만 그것은 모두 전해 들은 말에 지나지 않았다.

나에게는 아무것도 들리지 않았고, 아무것도 보이지 않았습니다.

기적은 추억 밥상을 먹은 사람에게 밖에 일어나지 않는 모양이다. 실제로 체험하지 않았기 때문일 것이다. 블로그를 쓰고 있는 장본인도, 반신반의하는 상태였다. 자신을 놀린다고 생각한 적도 있었던 모양이다.

하지만 다이지는 믿었다. 추억 밥상을 먹으면 소중한 사람과 만날 수 있을 거라고 생각했다. 사람은 기적을 일으킬 수 있는 존재라고, 후미카와 만날 수 있을 거라고 믿고 싶었다.

하지만 신경 쓰이는 부분도 있었다. 블로그에 꽤 오래 새 글이 올라오지 않고 있었던 것이다. 마지막 글을 올린 날짜가 벌써 한 달 전이었다. 무슨 병으로 입원했는지는 모르지만, 많이 아픈 걸까? 아니면 블로그를 쓰는 것에 싫증이 난 것일까?

블로그를 읽어봐도 단서는 없으니, 혼자 생각한들 알 수 없는 일이다. 믿기로 결정했으니까, 이것저것 따지는 것은 그만두자.

다이지는 고양이 식당에 전화를 걸었다. 신호가 세 번도 채 울리기 전에, 젊은 남자가 받았다.

"전화 주셔서 감사합니다. 고양이 식당입니다."

상냥한 목소리였다. 무서운 사람은 아닌 것 같다. 다이지는 살짝 안도하며 용건을 말했다.

"추억 밥상을 예약하고 싶은데요."

식당 예약은 해본 적이 없었기 때문에 조금 긴장했다. 어린이는 안 된다며 거절당할지도 모른다고 생각했지만, 기우였다. "네, 감사합니다"라는 대답이 돌아왔다.

이걸로 후미카와 만날 수 있다. 그렇게 생각하고 있는데, 젊은 남자가 물어왔다.

"하시모토 다이지 님이시지요?"

이 말에는 놀랐다.

"어떻게 제 이름을 아세요?"

아직 이름을 말하지도 않았는데, 남자가 먼저 다이지의 이름을 말한 것이다.

하지만 신기한 일은 아니었다. 남자가 싱겁게 이유를 밝혔다.

"니키 님에게서 이야기를 들었습니다."

고토코가 미리 이야기를 해 둔 것이다. 전화나 문자를 했을지도 모른다. 하지만 쓸데없는 참견을 했다는 생각은 들지 않았다. 덕분에 이야기가 쉽게 진행되었다.

"네. 하시모토 다이지입니다."

다시 한 번 이름을 말하고, 예약을 잡았다. 식당은 아침시간에밖에 운영하지 않는다고 하지만, 문제없었다. 밤늦은 시간보다 훨씬 낫다.

"그럼 잘 부탁드립니다."

그렇게 말하고 전화를 끊으려는데, 남자가 서둘러 질문을 덧붙였다.

"저희 식당에는 고양이가 있습니다만, 알레르기 등은 괜찮으신가요?"

고양이의 이야기는 고토코에게서 이미 들었기 때문에 놀라지 않고 대답할 수 있었다.

"네, 괜찮습니다."

이렇게 해서 다음 일요일에 고양이 식당에 가기로 했다.

일요일이 되었다.

고토코에게 연락할까 생각했지만, 아무 말 없이 가기로 했다. 혼자서 가야 한다고 생각한 것이다.

"오늘도 모의고사를 보러 가는데요."

다이지는 부모님에게 거짓말을 했다. 실제로 모의고

사가 있지만, 갈 생각은 없었다.

아빠도 엄마도 그 말을 의심하지 않았다. 다이지는 그만큼 신뢰를 받고 있다.

"그렇구나. 열심히 해."

응원의 말과 함께 차비와 점심값도 받았다. 그러나 이걸로는 부족하다. 지바현은 모의고사 시험장보다 멀고, 밥값도 훨씬 더 많이 든다. 모아 두었던 용돈을 털어 지갑에 넣고 집을 나섰다.

행선지는 지바현의 바닷가 마을로, 도쿄역에서부터 1시간 반 정도 걸리는 장소에 있다. 스마트폰으로 꼼꼼히 행선지를 조사했다. 복잡한 시내의 지하철에 비하면 아무것도 아니다.

도쿄역은 혼잡했지만 헤매는 일 없이 기차를 탔다. 의외로 한산해서, 긴 좌석 끝 쪽에 한자리를 차지할 수 있었다.

스마트폰으로 블로그의 다음 글을 읽을까 생각했지만, 배터리가 다 닳으면 안 되니까 참았다. 모르는 곳에 가는 거니까, 스마트폰을 사용하지 못하게 되면 곤란하다. 좌석에 앉아서 낮잠을 잤다. 후미카와 만날 수 있다는 생각에 긴장을 해서인지, 어젯밤에는 잠을 푹 자지 못했다.

꾸벅꾸벅 조는 사이에 목적지의 역에 도착했다. 어느새 기차 안은 텅 비어 있었다. 모두 내린 모양이다.

열차에서 내려 플랫폼에 섰지만, 바다 냄새는 나지 않았다. 바닷가 마을이라고 했는데, 바다가 보이지 않는다.

역을 착각했을까 불안해졌지만, 역명을 확인하자 틀림없었다.

"여기 맞지……?"

혼잣말처럼 중얼거리면서 개찰구를 빠져나와 버스정류장으로 향했다. 버스정류장은 역 앞에 있어서 쉽게 찾을 수 있었다.

버스는 시간에 딱 맞춰 왔다. 교통카드를 사용할 수 없는 오래된 형태의 버스였다. 잔돈을 가져와서 다행이었다.

버스에 타자 자리는 여유로웠다. 노인이 두 명 타고 있을 뿐이었다. 부부인 듯한 할아버지와 할머니가 있었다.

행선지를 알려주는 안내 방송이 흘러나오더니, 버스

가 달리기 시작했다. 5분 정도 달려가자 큰 병원에 도착했고, 노인 부부는 거기서 내렸다. 승객은 다이지 혼자밖에 남지 않았다.

다이지도 버스를 그리 오래 타지는 않았다. 거기에서 세 개의 정류장을 더 가서 버스에서 내렸다. 잔돈으로 버스비를 내는 것은 처음이었기 때문에 조금 긴장했다.

꽤 멀리까지 왔지만, 고양이 식당은 아직 더 가야 한다. 버스정류장에서 걸어서 15분. 스마트폰의 지도에는 그렇게 표시되어 있다.

시내에서라면 미아가 될까 봐 불안했겠지만, 이곳에서는 그런 걱정은 없었다. 알기 쉬운 표지가 있었기 때문이다.

강이 흐르고 있다. 도쿄만으로 흘러가는 고이토가와다. 이 길을 쭉 걸어가면 바다가 나오고, 그 바닷가에 고양이 식당이 있다. 추억 밥상을 만들어주는 식당이.

"이제 금방이야."

다이지는 소리 내어 말했다. 아무도 지나가지 않으니까, 혼잣말을 한다고 웃을 사람도 없었다.

"이제 곧 만날 수 있어."

후미카를 만날 수 있다. 가슴이 다시 조이듯이 아파 왔지만, 신경쓰지 않으려고 애쓰며 강을 따라 이어지는 길을 걸었다.

바다는 정말 가까웠다. 5분도 걷지 않아서 바다가 보였다. 그 순간, 동물 소리 같은 울음소리가 들려왔다.

"왜옹, 왜옹."

고양이가 있나 싶었지만, 저 위쪽에서 들려온다. 시선을 향하자 새가 울면서 날고 있다.

"괭이갈매기……?"

중얼거렸지만, 자신은 없었다. 괭이갈매기라는 이름과 울음소리 정도밖에 아는 게 없다. 다이지는 발을 멈추고, 스마트폰의 사전을 검색해 보았다.

괭이갈매기 : 일본 근해의 섬에 사는 갈매깃과의 바닷새. 몸색은 희고, 등과 날개는 진한 회청색을 띤다. 울음소리는 고양이와 비슷하다.

설명만 읽어서는 잘 모르겠다. 그래서 다른 사이트를 찾아봤더니 갈매기와 굉장히 흡사한 바닷새지만, 울음소리부터가 다르다고 설명되어 있었다.

갈매기는 끼룩끼룩 울고, 또 부리의 색깔도 다르다. 갈매기의 부리는 대부분 노란색이지만, 괭이갈매기의 부리는 노란색과 검은색, 붉은색 세 가지 색의 무늬가 있다고 한다. 괭이갈매기와 갈매기의 사진도 실려 있었다. 이렇게 비교해보자 쉽게 알 수 있었다.

"아, 여기는 괭이갈매기의 마을이구나."

그렇게 중얼거리면서 스마트폰을 주머니에 집어넣고, 다시 고이토가와를 따라 걷기 시작했다.

정말 조용한 마을이다. 강을 따라 난 길이 강의 제방이 되고, 그 옆으로 풍취 있는 낡은 민가들이 늘어서 있었다. 하지만 인기척은 없다. 자동차도 지나가지 않는다. 고양이와 비슷한 괭이갈매기의 울음소리만이 들린다.

걸어가는 동안 강이 끝나고 바다가 이어졌다. 바다의 짠 냄새와 파도 소리가 선명하게 느껴지고, 괭이갈매기의 울음소리가 더 크게 들려왔다.

"우와……."

다이지가 목소리를 높였다. 아무도 없는 모래 해변이 눈앞에 펼쳐져 있었다.

"나 혼자 전세 낸 것 같네."

도쿄에서 태어나고 자란 다이지에게는 아득하게 펼쳐진 모래 해변이 신기하기만 했다. 발자국 하나 없는 모래사장을 걸었다. 몇 분 정도 걸어서 하얀 오솔길에 도착했다. 하얀 것은 조개껍데기가 깔려 있기 때문이었다.

"밟아도 되는 거겠지……."

물어볼 사람도 없는데, 다시 중얼거렸다. 조개껍데기가 너무 하얘서 망설였지만, 지도에 그려진 그대로였다. 이 길이 틀림없다.

조심스럽게 길의 한쪽 끝으로 걸었다. 그러자 저거다 싶은 건물이 보였다.

간신히 도착했다.

고양이 식당이다.

다이지는 그쪽으로 달려갔다.

간판은 없었지만, 입구 옆쪽으로 작은 칠판이 놓여 있었고, 분필로 이렇게 쓰여 있었다.

고양이 식당
추억 밥상을 차려 드립니다.

그리고 덧붙이듯이 "이 식당에는 고양이가 있습니다"라는 글과 함께 다시 귀여운 고양이 그림까지 그려져 있다.

"들어가도 되는 걸까……."

이런 어른스러운 분위기의 식당은 처음이다. 패밀리 레스토랑이나 마트의 푸드코트와는 분위기가 너무 달라서 어린이 혼자 들어가서는 안 될 것 같은 기분이 들었다. 고양이 식당에 혼자서 오겠다고 결심한 것은 다이지 자신이지만, 초등학생인 다이지는 선뜻 들어가기가 힘들었다.

"어떡하지……."

식당에 들어갈 엄두가 나지 않아 시간을 벌어보려고 중얼거렸다.

그렇게 입구 옆에서 머뭇거리고 있자니 칠판의 그림자에서 무슨 소리가 들려왔다.

"냐아아."

이번에는 괭이갈매기가 아니다. 그쪽을 봤더니 작은 갈색 얼룩무늬 고양이가 있었다. 칠판 그림자에 숨어서, 다이지의 모습을 바라보고 있다.

이 식당에서 키우는 고양이일까?

한눈에 수컷이라는 것을 알 수 있는 장난꾸러기 같은 얼굴을 하고 있다. 말을 걸어볼까 생각했을 때, 딸랑딸랑 도어벨이 울렸다. 출입문이 열리고, 젊은 남자가 나왔다.

여성용으로 보이는 안경을 쓰고 있지만, 텔레비전에 나오는 아이돌처럼 잘생긴 얼굴의, 상냥해 보이는 미남이었다.

그 남자가 다이지와 고양이를 보고는 말을 걸어왔다.

"하시모토 다이지 님이시죠?"

정중하면서도 상냥한 목소리다. 들은 기억이 있다. 예약 전화를 했을 때 전화를 받은 남자의 목소리다.

"아, 네."

다이지가 대답하자 남자가 인사를 했다.

"예약해 주셔서 감사합니다. 처음 뵙겠습니다. 고양이 식당의 후쿠치 가이입니다."

매정하게 쫓겨나지 않아서 안도했지만, 어른과 대화를 하는 것은 역시 긴장이 된다. 처음 만나는 사이인 데다, 이렇게 정중하게 말을 걸어오는 사람은 처음이었다.

"어, 그러니까…… 저기요."

갑자기 말문이 막혔다. 그런 다이지를 우습게 보는 기색도 없이 가이가 말했다.

"준비는 다 되어 있습니다. 들어오시죠."

딸랑딸랑 다시 도어벨을 울리며 문을 활짝 열어주었다. 만화에 나오는 집사 같은 친절이다.

감사합니다, 라고 말하려고 했는데, 발밑에서 누가 선수를 쳤다.

"냐옹."

고양이가 대신 대답한 것이다. 어리광을 부리는 듯한 소리로 울면서 가이를 보고 있다.

그 모습이 귀여워 슬그머니 웃음이 나왔지만, 가이는 전혀 웃지 않았다.

"밖에 나가면 안 된다고 말했을 텐데요, 알겠습니까?"

타이르는 듯한 말투다. 남자는 고양이에게까지 정중한 말씨를 사용하고 있다. 이 식당을 가르쳐준 고토코도 말을 곱게 하는 사람인데, 가이라는 남자는 그 이상인 것 같다.

"냐아."

고양이가 고개를 끄덕이더니, 꼬리를 곧추세우고 사뭇 당당한 얼굴로 식당에 들어갔다. 혼나서 반성하고 있는 것처럼은 보이지 않았다.

가이가 한숨을 쉬더니, 다이지에게 고개를 숙였다.

"저의 식당의 명물 고양이 꼬마입니다. 시끄럽게 해서 죄송합니다."

"아…… 네."

다이지가 대답하자 가이가 다시 정식으로 인사를 했다.

"고양이 식당에 오신 것을 환영합니다. 안으로 들어오시죠."

"실례하겠습니다."

최선을 다해 정중하게 답하면서 꼬마의 뒤를 따라 식당 안으로 들어갔다.

가장 먼저 눈에 들어오는 것은 커다란 창문이다. 베란다의 유리문처럼 사람이 들고날 수 있을 정도의 크기였다.

바로 앞에 바다가 있고, 괭이갈매기가 하늘을 날고 있다. 해수욕을 하는 계절이 아니라서 그런지, 아니면 아직 오전중이라서 그런지 여전히 사람은 아무도 없었다. 끊임없이 들려오는 파도 소리가 기분 좋았다.

식당 안도 조용했다. 다이지 외에 다른 손님은 없었다. 구석에 놓여 있는 오래된 괘종시계가 째깍째깍 움직이며 시간을 알렸다.

오래된 괘종시계 옆에는 안락의자가 하나 놓여 있어서, 꼬마가 거기에 기어 올라가 둥글게 몸을 말았다. 꼬마가 좋아하는 장소인 모양이다. 편안하게 잠이 들어 버렸다.

직원은 가이 한 사람밖에 없는 것 같다. 블로그를 쓴 여성은 없었다. 손님도 없고, 가이도 다이지를 자리로 안내하고는 부엌으로 사라졌다.

"요리를 가져오겠습니다. 잠시만 기다려 주세요."

식당 안에는 텔레비전도 없어서, 기다리는 동안 딱히 할 일이 없었다. 하지만 스마트폰을 볼 생각은 들지 않아서 자고 있는 꼬마와 창밖을 바라보았다.

10분 정도 그렇게 있자니 부엌에서 가이가 돌아왔다.

"오래 기다리셨습니다."

쟁반에 샌드위치와 수프를 올려서 가져왔다.

"주문하신 요리가 맞으신가요?"

2인분의 요리를 테이블 위에 올리고, 가이가 물어왔다.

다이지는 다시 한 번 그것을 살폈다. 샌드위치에는 햄이나 치즈가 들어 있지 않았다. 흔히 말하는 달걀 샌드위치지만, 안에 넣은 것은 삶은 달걀을 으깬 것이 아니었다. 가이가 그 요리의 이름을 말했다.

"달걀말이 샌드위치와 호박 수프입니다."

바로 이거다. 후미카가 공원에서 먹고 있던 것이다. 샌드위치에는 두꺼운 달걀말이가 끼워져 있었고, 호박 수프에서는 달콤한 냄새가 풍겨왔다.

그 냄새에 이끌린 듯이 꼬마가 눈을 뜨고 코를 움찔거렸다.

"냐아아."

조르듯이 울고 있다. 고양이도 어릴 때는 달콤한 것을 좋아한다고 하니까, 달걀말이나 호박 수프를 먹고 싶은지도 모르겠다.

"네, 맞아요."

"그럼 맛있게 드십시오."

"아…… 네."

다이지는 자신의 샌드위치에 손을 뻗었다.

"냐아아."

발밑에서 울음소리가 들려왔다. 시선을 내리자 어느
새 꼬마가 가까이에 와 있었다. 역시 달걀말이를 먹고 싶
은 것 같았지만, 사람의 음식은 주지 않는 편이 좋을 것
같았다.

"미안해."

꼬마에게 그렇게 말하고는 달걀 샌드위치를 집어 들
었다.

빵에 끼워진 두꺼운 달걀말이는 두께가 5센티미터는
되는 듯, 묵직한 느낌이다. 게다가 아직 따뜻했다. 다이
지가 오는 시간에 맞춰서 만들어 둔 모양이다.

후미카가 나눠주기 전에는 본 적이 없었지만, 인터넷
으로 찾아보았더니 달걀말이 샌드위치는 꽤 유명했다.

찾아본 바로는 덴노야라는 오래된 디저트 가게에서
처음 고안한 샌드위치로, 텔레비전 방송에 나오고 잡지
에도 실리면서 일반 가정에까지 널리 알려졌다고 한다.

다이지의 뇌리에 그때의 풍경이 떠올랐다. 공원의 벤
치에 앉아 있는 후미카와 무릎 위에 올려진 바구니.

추억 밥상이다.

이 샌드위치를 먹으면 후미카와 만날 수 있다. 심장의 고동이 빨라졌다. 빨리 만나고 싶으면서도, 이 자리에서 도망치고 싶기도 한 기분이었다.

"냐아아."

꼬마가 재촉하듯이 울었다. 빨리 먹지 않으면 식어버린다고 말하는 것 같았다.

"응. 알았어."

꼬마에게 대답하고는 설레는 마음으로 달걀말이 샌드위치를 한 입 베어 물었다. 버터의 달콤한 향과 맛이 입 안에 가득 퍼졌다.

이렇게 향이 좋은 건 식빵을 살짝 구웠기 때문일 것이다. 빵에는 버터가 발라져 있었다. 냄새만 맡아도 맛있었다.

더 씹었더니 내용물이 느껴졌다. 일본식으로 가쓰오부시 육수를 넣어 만든 달걀말이에, 겨자와 마요네즈가 듬뿍 발라져 있다.

버터의 향기, 빵의 풍미, 달걀말이의 은은한 달콤함, 그 맛을 마요네즈와 겨자가 더 돋보이게 해준다. 달걀말이는 빵보다 더 두껍지만 정말 부드러워서, 입 안에서 녹듯이 사라졌다.

맛있다. 후미카가 사라진 뒤로 먹은 음식 중에서, 가장 맛있다는 생각까지 들었다.

하지만 다이지는 한 입 먹고 먹기를 멈췄다. 실망스러웠다. 샌드위치를 접시에 내려놓고 가이에게 말했다.

"이게 아니에요."

그날 후미카가 준 샌드위치는 달랐다. 보기에는 똑같고, 달걀말이의 맛도 비슷하지만, 뭔가가 달랐다. 한 입만 먹어봐도 알 수 있었다.

그것을 증명하듯이 달걀 샌드위치를 먹었는데도 후미카의 목소리가 들리지 않았다. 다이지의 앞에 나타나지도 않았다. 추억 밥상이 아니기 때문이다.

"냐아아."

꼬마가 곤란한 듯한 얼굴로 울었지만, 가이의 표정은 여전히 태연했다.

어른들은 자신의 잘못을 인정하지 않으니까. 어린이를 말로 꺾어놓고 싶어 하는 법이니까. 그러니까 무슨 말이든 할 거라고 생각했지만, 가이는 반론하지 않았다.

"역시 그랬나요."

혼잣말처럼 중얼거렸다. 혼자서 납득하고 있는 것 같은 말투였다.

뭐가, '역시'인 걸까? 물어보려 했는데 가이가 먼저 말을 했다.

"다시 한 번 죄송하지만, 조금만 더 기다려 주십시오."

꾸벅 인사를 하고는 다이지의 대답도 기다리지 않고 부엌으로 가 버렸다. 꼬마가 그 뒷모습을 바라보았다. 귀가 작게 움찔거리고 있어서, 신기해하는 것처럼 보였다.

다이지도 신기했다. 어린이에게 요리를 부정당해서 화가 난 것일까 생각했지만, 가이의 태도는 여전히 정중했다. 아이만이 아니라 고양이에게까지 정중한 말투를 사용하는 미남이라니.

"네 주인, 좀 이상하지 않니?"

꼬마에게 묻자, 고개를 끄덕이며 울었다.

"냐옹."

아까도 생각했지만, 마치 사람의 말을 알아듣는 것처

럼 대화가 통한다. 이 고양이도 좀 특이하다.

가이가 돌아온 것은 10분 정도 지나서였다. 가져온 요리를 테이블 위에 올려놓고, 아무 일 없었다는 듯이 말했다.

"이쪽을 드셔보세요."

"이건 또 뭔데요."

말투가 뾰족해졌다. 울컥 했던 것이다. 새로 가져온 달걀 샌드위치와 호박 수프를 노려보다가 가이에게 항의했다.

"아까 나온 요리와 똑같잖아요."

이게 아니라고, 분명히 그렇게 말했는데, 가이는 똑같은 것을 가져왔다.

"같은 요리가 아닙니다."

"네?"

"드셔보시면 아시겠지만, 아마 이쪽 샌드위치가 진짜 추억 밥상일 겁니다."

가이가 잘라 말했다. 같은 것을 가져와 놓고는, 무슨 말인지 의미를 알 수가 없다.

어린애라고 속이려드는 걸까 하는 생각도 들었지만,

가이의 표정은 진지했다. 만난 지 얼마 안 됐지만, 어린 애를 속일 법한 어른으로는 보이지 않았다.

"냐아아."

꼬마가 다이지의 생각에 동의하는 듯이 울었다. 가이를 믿어 봐, 라고 말하는 것 같았다.

"죽은 오빠와 이야기를 나눌 수 있었어."

고토코는 그렇게 말했다. 어려서부터 알고 지낸 사이지만, 거짓말을 할 사람은 아니다. 고토코의 말 하나만 믿고 여기까지 왔으니까, 마지막까지 믿어보자.

한 번 더, 방금 내온 새로운 샌드위치를 보았다. 아무리 봐도 아까 것과 뭐가 다른지 알 수가 없었다. 완전히 똑같아 보였지만, 그래도 먹어보기로 했다.

"……잘 먹겠습니다."

중얼거리듯이 말하고, 달걀 샌드위치를 집어 들었다.

"어라?"

놀람이 앞섰다. 아까의 샌드위치와 뭔가가 다르다. 좀 더 무겁고, 감촉도 다르다. 손가락을 튕겨내는 탄력이 느껴진다.

"이게 대체……?"

설명을 구할 생각으로 가이의 얼굴을 봤지만, 아무것
도 가르쳐주지 않았다. 단지 이렇게 말했다.

"따뜻한 동안에 드세요."

먹어보면 알 거라는 뜻일까? 설명을 듣는 것보다는
먹는 게 빠를 것이다.

"네에."

다이지는 고개를 끄덕이고, 샌드위치를 입에 넣었다.
그리고 씹은 순간, 확실히 알았다.

그때와 똑같은 달걀 샌드위치다.

후미카가 준 샌드위치.

몸이 기억하고 있었다. 그때 들은 후미카의 말이 귓
속에서 메아리쳤다.

"점심 먹으려고?"

"하나 줄게. 괜찮으면 먹을래?"

"이번에 좀 맛있게 된 것 같거든."

눈시울이 서서히 뜨거워졌다. 눈물이 쏟아질 것 같다.
하지만 방금 만난 가이 앞에서 울고 싶지는 않았다.

샌드위치를 접시에 내려놓고, 소매로 눈을 문질렀다.
눈물이 멈추지 않아 난폭하게 벅벅 문질렀다. 여러 번 그렇게 닦아서 어떻게든 눈물을 수습하고, 다이지는 얼굴을 들었다. 그런데 눈앞이 뿌옇게 흐려져 보였다.

"……응?"

처음에는 너무 세게 문질러서 눈이 이상해졌나 생각했다. 몇 번 눈을 깜빡였지만, 눈앞은 뿌옇게 흐려진 그대로다.

주위를 둘러보고, 다이지는 세계가 변해버렸다는 것을 깨달았다. 풍경이 바뀌어 있다. 식당 전체에 안개가 자욱해서, 구름 속에 있는 것만 같다.

이변은 그것만이 아니었다. 테이블 옆에 서 있었던 가이가 사라지고, 파도 소리도, 괭이갈매기의 울음소리도, 그리고 오래된 괘종시계가 똑딱이는 소리도 들리지 않았다. 시계를 봤더니 바늘이 멈춰 있었다. 고장이라도 난 걸까?

신기하다기보다, 이 세상에 혼자 남아 있는 기분이 들었다.

이제 어쩌면 좋지?

어쩔 줄 몰라 당황하는데, 발밑에서 고양이의 울음소리가 들려왔다.

"냐아아."

꼬마다. 발밑에서 다이지의 얼굴을 올려다보고 있다. 혼자가 아니었다. 바로 옆에, 꼬마가 있다.

한시름 놓였지만, 꼬마의 울음소리가 이상하다. 뭔가 울리는 느낌이다.

"목소리가 왜 그러니? ⋯⋯어라?"

꼬마에게 한 말이었지만, 놀랍게도 다이지의 목소리도 웅웅 울리는 것처럼 들렸다. 목소리가 이상해진 것도, 귀가 이상해진 것도 아니다. 역시 뭔가 이상한 일이 일어나고 있다.

"⋯⋯어떻게 된 거지?"

다이지는 중얼거리며 주머니에 손을 넣었다. 스마트폰으로 검색해 보려고 생각한 것이다. 뉴스나 SNS를 보면 뭔가 알 수 있을지도 모른다.

하지만 스마트폰은 화면이 꺼져 있었다. 전원 버튼을 눌러도 켜지지 않았다. 사용할 수 없는 상태였다.

"말도 안 돼⋯⋯."

세계에서 혼자 떨어져 나온 듯한 기분이 들었다. 그 어느 때보다도 마음이 불안했다. 의지하고 싶은 마음에 꼬마 쪽을 보았다.

꼬마는 태연했다.

"냐아아."

다이지를 향해서 울더니, 종종거리며 출입문 쪽을 향해 걸어갔다. 밖으로 나가고 싶은 걸까?

창밖을 보자 식당 안보다도 더 새하얬다. 안개라기보다 드라이아이스로 연기를 피우고 있는 것처럼 보였다. 밖에 나가지 않는 편이 좋을 것 같았다.

"밖은 위험해."

꼬마를 따라가려고 한 순간이었다. 딸랑딸랑 도어벨이 울리더니, 문이 열리고, 작은 사람의 그림자가 들어왔다. 여자아이였다.

"냐아아."

꼬마가 환영 인사를 하듯이 울었다. 인사를 하려고 출입구까지 갔던 모양이다.

"고마워."

여자아이가 꼬마에게 대답했다. 다이지나 꼬마의 목소리와 마찬가지로 울려서 들렸지만, 아는 목소리다. 얼굴도 알고 있다. 식당에 들어온 순간 이미 누군지 알았다.

정말 보고 싶었다.

드디어 만났다.

이런 생각이 두서없이 떠올랐다. 하지만 놀란 나머지 목소리가 나오지 않았다. 기적을 믿고 싶기는 했지만 정말로 일어나자 말이 나오지 않았다. 다이지는 의자에 앉은 채로 굳어 있었다.

그러는 사이에 여자아이가 다이지에게 말을 걸어왔다.

"하시모토, 오랜만이야."

그 아이는 바로 나카자토 후미카였다. 병에 걸려 죽은 후미카가, 고양이 식당에 나타난 것이다.

조금 흐릿하게 보였지만, 정말로 후미카였다. 목소리도 얼굴도 살아 있을 때 그대로였다.

후미카가 다이지에게 말을 걸어왔다.

"만나러 와줘서 고마워."

다이지는 대답을 할 수가 없었다. 후미카와 이야기를 하고 싶어서 여기까지 왔는데, 마음의 준비가 아직 되어 있지 않았다.

"냐아."

힘내라고 하는 것처럼, 꼬마가 다이지의 얼굴을 보

고 울었다. 그런 뒤 타박타박 걸어가, 괘종시계 옆에 있
는 안락의자로 돌아갔다. 역시 마음에 드는 장소인 모양
이다.

"앉아도 될까?"

후미카가 물었다. 어느새 다이지의 맞은편 자리에까
지 다가와 있었다. 추억 밥상이 놓인 자리다.

"어, 어어. 거기 나카자토의 자리니까."

간신히 대답을 했지만 목소리가 부자연스럽게 들렸
다. 목구멍이 말라버린 듯 소리가 잘 나오지 않는다.

"그래? 내 자리구나. 하시모토가 주문해준 거야?"

"어어, 맞아……."

"고마워."

후미카는 의자를 당겨서 앉고는 달걀 샌드위치와 호
박 수프를 보면서 다시 말을 이었다.

"식기 전에 먹자."

"응."

다이지는 달걀 샌드위치를 손에 들고 입으로 가져갔
다. 아까보다는 식었지만, 온기가 남아 있어서 아직 충분
히 따뜻하다. 맛도 그대로다. 버터를 충분히 발랐기 때문

일 것이다. 빵에서도 여전히 맛있는 냄새가 났다.

문득 시선을 느끼고 앞을 봤더니, 후미카가 이쪽을 보고 있었다. 함께 먹자고 했으면서, 샌드위치에도 수프에도 손을 대지 않고 의자에 가만히 앉아 있을 뿐이다. 이상하게 생각해 다이지가 물었다.

"너는 안 먹어?"

"먹고 있어."

"뭐?"

"여기서 나오는 김이 내 식사야."

"김이 식사라고?"

"정확히는, 냄새라고 해야 할까? 죽으면 이 세상의 것은 아무것도 먹을 수가 없어."

그래서 불단이나 무덤 앞에 향을 피우는 거라고 가르쳐 주었다. 향에서 피어오르는 연기가 죽은 사람의 식사라고.

"그렇구나……."

다이지는 몰랐던 일이다. 후미카가 말을 이었다.

"식어버리면 냄새를 느끼지 못하게 돼. 그래서 내가 여기 있을 수 있는 시간은 요리가 식기 전까지만이야."

"뭐라고? 그, 그러면 사라져 버리는 거야?"

"사라진다기보다는, 저세상으로 돌아가는 거야."

즉 다이지와 함께 있을 수 있는 시간이 한정되어 있다는 뜻이다.

"다시 만날 수 있어?"

"안 되나 봐. 하시모토와 만날 수 있는 건 아마 오늘이 마지막일 거야."

"마지막이라고……?"

새삼 놀라며 다시 한 번 테이블 위의 추억 밥상을 보았다. 샌드위치는 처음부터 김이 오를 정도로 따뜻하지는 않았다.

수프 컵을 만져봤더니, 호박 수프는 아직 따뜻했지만 금방 식어 버릴 것 같았다. 따뜻한 날씨가 이어지고 있지만, 이제 곧 11월이다.

시간이 얼마나 빠른지, 꾸물거리다 보면 모든 것이 끝나버리고 만다. 이 순간도 금세 과거가 되어 버리고 두 번 다시 찾아오지 않을 것이다. 한 번뿐인 인생의, 한 번뿐인 시간이다.

아무 말도 못한 채 헤어지고 싶지 않았다.

더 이상 후회하고 싶지 않았다.

후회하면서 살아가는 것은 사절이다.

그래서 다이지는 말했다.

"샌드위치 받았던 때 말이야, 그 후에 학원에서 이상한 말 해서 미안해."

간신히 말할 수 있었다. 후미카에게 사과할 수 있었다. 하지만 이게 다가 아니다.

하고 싶은 말이 남아 있다. 전하고 싶은 마음이 있었다. 그걸 말하기 위해서, 그 말을 후미카에게 전하기 위해서, 여기까지 온 것이다.

다이지는 용기를 있는 대로 끌어모아서, 태어나서 처음으로 고백을 시작했다. 후미카에게 말했다.

"그거, 거짓말이었어. 싫다고 말했던 거, 거짓말이야."

긴장한 나머지 목소리가 뒤집어질 뻔했다. 심장이 쿵쿵 뛰어서 숨쉬기가 힘들다. 부끄러워서 후미카의 얼굴을 볼 수가 없다.

그래도 다이지는 말을 이었다. 계속 생각해왔던 이야기를 입 밖으로 꺼냈다.

"나, 너를 좋아해. 널 계속 좋아했어. ⋯⋯지금도, 네가 좋아."

넌 세상 누구보다도 좋아해.

후미카가 정말 좋아.

자신의 마음을, 좋아한다는 마음을 후미카에게 전할
수 있었다.

하지만 아직 대답을 듣는다는 큰 산이 남아 있다.

조심스레 후미카의 얼굴을 보았다.

후미카는 울고 있었다.

갑자기 울어서 미안해. 응, 괜찮아. 그렇게 걱정할 필
요 없어. 사과하지 않아도 되니까, 이번엔 내 이야기를
들어줘.

있잖아.

그때 학원에서 하시모토에게 싫다는 말을 들었을 때,
사실 굉장히 충격을 받았고, 너무 슬펐어.

학원에서는 아무렇지 않은 척했지만, 집에 가는 길에
울어 버렸어.

엉엉 울어서, 엄마가 굉장히 걱정을 하셨어. 몸 상태
가 나빠졌다고 생각하셨거든.

엄마에게는 항상 미안한 마음이 있어서, 가능한 한 걱정 끼치고 싶지 않았어. 그래서 솔직히 말했어.

하시모토가 나를 싫어한다고 말해서 슬프다고 했어.

후미카는 말을 끊었다.

눈은 젖어 있었지만, 이제는 울고 있지 않았다. 다이지의 얼굴을 보면서 말을 이었다. 그것은, 후미카의 고백이었다.

그랬더니 엄마가 웃었어.

그건 네가 잘못 생각한 거라고 말이야.

싫다고 말하는 건 좋아한다는 의미라고 그랬어.

아마 하시모토는 후미카를 좋아하는 것 같다고 말이야.

굉장히 기뻤어.

나는, 내가 그리 오래 살지 못할 거라는 걸 알고 있었어. 의사 선생님에게 들은 건 아니지만, 그런 건 듣지 않아도 알 수 있거든.

어른이 되지 못할 거라고, 누군가를 좋아할 일도, 누군가가 나를 좋아할 일도 없을 거라고 생각했었어.

세상에 몇 년 머무르는 것일뿐, 곧 죽을 거라고 생각하며 살았어.

괜히 태어났다고도 생각했었어.

솔직히 말하면, 자살할까 생각한 적도 있었어.

병이 더 심해지기 전에, 더 힘들어지기 전에, 이 이상 엄마 아빠를 고생시키기 전에 죽어 버릴까 하고 말이야.

하지만 그 전에 한 번이라도 좋으니까 학교에 가고 싶었어.

평범한 초등학생으로, 잠시만이라도 살아보고 싶었어. 다른 아이들과 함께 공부하고, 밥도 먹고.

친구도 사귀고 싶었지만, 아마 불가능할 거라고 포기하고 있었어. 병이 있으니까, 가능할 리 없다고.

병에 걸리면 말이야, 떼를 쓸 때도 정말 많지만, 금방 포기하게 되거든. 어쩔 수 없다고 말이야.

결국 학교에는 가지 못했지만, 학원에는 갈 수 있었어. 거기서 하시모토를 만난 거야.

있잖아.

마지막이니까 말하는 건데, 나 하시모토를 좋아했어. 아마 처음부터 좋아했을 거야. 공부도 잘하고, 친절하고,

멋있었거든. 내 첫사랑이야.

그래서 엄마에게 "하시모토가 후미카를 좋아하는 게 아닐까?" 하는 말을 듣고 기뻤어. 누군가를 좋아하고, 또 누가 나를 좋아하게 되는 건 행복한 일이잖아.

솔직히 말하자면, 나 밸런타인데이에 초콜릿을 줄 생각이었어.

하시모토에게 좋아한다고 말할 생각이었거든.

정말 고백하려고 생각했었다니까.

그런데 말하지 못했어.

말도 해보기 전에, 가슴이 아파서 쓰러지는 바람에 구급차에 실려 갔어.

그리고 이렇게 죽게 되었어.

말해보기도 전에 말이야.

참 우습지. 모처럼 서로 좋아하게 됐을 수도 있었는데.

다이지의 눈에서 눈물이 흘러넘쳤다.

콧속이 찡해 오면서 울음이 터졌다. 참으려고 했지만, 실패했다. 흐느끼며 울고 말았다. 눈물이 멈추지 않았다. 후미카와 함께 있는 이 시간이, 참을 수 없이 애틋하고 슬펐다.

하지만 더 슬픈 것은 살아 있는 자신보다 죽어 버린 후미카다. 나보다 후미카 쪽이 훨씬 더 괴로울 것이다. 손등으로 눈물을 훔치고, 터지려는 울음을 억지로라도 참으려고 애썼다.

울면 안 돼.

울면 안 돼.

울면 안 돼.

몇 번이고 스스로를 타일러, 어떻게든 오열을 삼키고, 눈물을 억눌렀다. 후미카에게 뭐라도 다정한 말을 하려고 했다. 나도 널 좋아하니까, 라고 말하려고 했다.

그런데 후미카가 모두 허사로 만들었다.

"지금 이거, 데이트지? 나, 하시모토와 데이트를 하고 있는 거네."

결국 참지 못하고 다이지는 울음을 터뜨렸다. 양손으로 얼굴을 감싸고 울면서, 그러면서도 후미카의 질문에 고개를 끄덕였다. 몇 번이고, 몇 번이고 고개를 끄덕였다. 처음이자 마지막으로 후미카와 하는 데이트라고 생각했다.

가슴이 찢어질 듯이 아팠지만, 언제까지 울고 있을 수는 없었다. 말할 수 있는 시간은 한정되어 있다. 호박 수프가 식어버리면 후미카는 이 세상에서 사라지고 만다. 고작 몇 분밖에 남지 않았다.

후미카도 같은 생각을 한 것 같았다. 다이지의 울음이 어느 정도 멈추기를 기다려, 다시 이야기를 시작했다.

"하시모토는 앞으로 하고 싶은 일이 뭐야?"

"응, 나는 의사가 되고 싶어."

다이지는 대답했다. 사립중학교 입시를 치르는 것도, 최종적으로는 의대에 가기 위해서다. 국립대 의대에 진학하고 싶었다.

누군가에게 이 꿈을 이야기하는 것은 처음이다. 부모님에게도, 학원 선생님에게도 말한 적이 없다. 진심으로 꿈을 이루고 싶다면, 아무에게도 말하지 않는 편이 낫다고 생각하고 있었다.

큰 꿈을 품을수록 가능할 리가 없다고, 남의 꿈을 부정하는 사람이 있기 마련이다. 심지어 무시당할 때도 있으니 일일이 상대하는 것은 시간 낭비다.

하지만 후미카에게는 솔직히 말했다. 말해도 될 거라

고 생각했고, 말하고 싶은 기분이었다.

"하시모토라면 분명 할 수 있을 거야."

후미카는 내 꿈을 무시하지 않았다. 진지한 얼굴로 고개를 끄덕이더니, 다시 질문을 던졌다.

"의사가 되어서 아픈 사람들을 낫게 해주려는 거지?"

"응."

맞다. 그것이 진짜 나의 꿈이었다. 좋은 대학에 가지 못해도, 많은 병을 고칠 수 있는 의사가 되면 된다.

후미카의 질문에 고개를 끄덕이면서, 문득 내가 10년, 아니 20년 빨리 태어났다면 후미카의 병을 고칠 수 있었을 텐데 하고 생각했다. 빨리 태어났다면 후미카를 좋아하게 되는 일은 없었겠지만, 그래도 상관없다.

만약 신이 있어서, 둘 중 하나를 골라야 한다고 말한다면, 망설이지 않고 20년 빨리 태어나는 쪽을 고를 것이다. 그리고 후미카의 병을 고쳐주는 것이다. 후미카를 도와주고 싶다. 살아 있기를 바랐다.

멈췄던 눈물이 다시 흐르려고 했다. 그때 안락의자에 잠들어 있던 꼬마가 울음소리를 냈다.

"냐아아."

울고 있을 때가 아니야, 라고 말하는 것 같았다. 다이지가 테이블 위를 보자, 이미 호박 수프는 식기 직전이었다. 이 마법 같은 시간이 끝나가고 있다.

사라지기 시작한 김을 보면서, 후미카가 마지막 이야기를 시작했다.

"내 꿈은 뭐였냐면 말이야, 물론 죽기 전의 꿈이지만, 들어줄래?"

"으응."

다이지는 고개를 끄덕였다. 하지만 그 꿈은 잔혹한 것이었다.

"나는 엄마가 되고 싶었어. 우리 엄마처럼, 다정한 엄마가 되고 싶었어."

아이들을 위해 달걀 샌드위치를 만드는 후미카의 모습이, 어른이 된 후미카의 모습이 떠올랐다. 상상 속의 후미카는 행복하게 미소 짓고 있었다.

"하지만 이제 불가능해졌어. 이룰 수가 없게 됐어."

후미카의 시간은 멈춰 버렸다. 결혼을 하는 것도, 어른이 되는 것도 불가능하다. 계속 초등학교 5학년인 채로 멈춰 있을 것이다. 머릿속에 떠오른 어른이 된 후미카의 모습이 천천히 사라졌다. 절대로 이루어질 수 없는 꿈이다.

"그러니까 말이야."

후미카는 말을 이었다.

"지금부터는 하시모토가 의사가 되는 걸 내 꿈으로 삼을래. 그래도 될까?"

당연히 괜찮고말고. 그렇게 말하려고 했지만, 늦었다. 어느새 후미카의 모습은 사라져 있었다.

서둘러 호박 수프에 손을 대보았지만, 완전히 식어 있었다. 김이 올라오지 않는다. 후미카와의 시간이 끝나 버렸다는 것을 다이지는 알았다.

그리고 작별인사가 들려왔다.

"이제 가야 해. 하시모토, 만나러 와줘서 고마워. 이야기해줘서 고마워. 안녕."

후미카의 모습은 보이지 않지만, 손을 흔들고 있다는 것을 안다. 신기하게도, 분명히 알 수 있었다.

마음이 아픈 것은 어쩔 수 없다. 다시 눈물이 날 것 같았지만, 이를 꽉 깨물고 참았다. 억지로라도 웃는 얼굴을 만들어, 후미카의 목소리가 들리는 쪽을 향해 손을 흔들었다.

"안녕. 잘 가."

간신히 말했다. 울지 않고 말할 수 있었다. 태어나서 처음으로 좋아하게 된 여자아이에게, 정말로 좋아하는 후미카에게, 안녕이라고 말할 수 있었다.

꼬마가 안락의자에서 내려와 문 옆으로 달려갔다. 아무것도 보이지 않는 공간을 향해서 "냐아" 하고 울었다. 그것이 꼬마의 작별 인사였다.

딸랑딸랑.

도어벨이 울리고, 문이 열렸다가 다시 닫혔다. 다이지와 꼬마는 그것을 지켜보았다. 잠시 동안, 가만히 문을 바라보았다.

이제 여기에 후미카는 없다. 손이 닿지 않는 장소로 가버렸다. 그것만은 확실히 알 수 있었다.

후미카가 사라지자 세계가 원래대로 돌아왔다.

안개가 걷히고 괘종시계가 움직이기 시작했다. 파도 소리와 괭이갈매기의 울음소리도 들려왔다. 문 옆에 가 있던 꼬마가, 괘종시계 옆의 안락의자로 돌아갔다.

얼굴을 만져보자 눈물은 말라 있었다. 그렇게 울었는데, 눈물을 흘린 흔적조차 없었다.

꿈을 꾼 것일까?

깨어 있어도, 꿈을 꾸는 경우가 있다고 한다. 내가 원하는 꿈을 멋대로 만들어 꾸고 있었는지도 모른다.

하지만 그래도 상관없다.

꿈에서라도 후미카와 만나서 다행이다.

맞은편 자리에는 달걀 샌드위치와 호박 수프가 놓여 있다. 후미카의 추억 밥상이다. 조금도 줄어들지 않은 채 완전히 식어 있었다.

가이가 다가와 찻잔을 테이블 위에 놓았다.

"식후의 녹차입니다."

인사를 하고 부엌으로 돌아가려는 가이를 다이지가 불러 세웠다.

"나카자토 후미카와 이야기할 수 있었어요."

"그랬군요."

가이는 고개를 끄덕였다. 놀라는 기색도 없다. 역시 여기는 기적이 일어나는 식당인 것이다.

"질문을 하나 해도 될까요?"

"네, 무엇이든 물어보세요."

어째서 죽은 사람이 나타날 수 있는지 물어볼 생각이
었지만, 왠지 "저도 모릅니다"라고 말할 것 같은 기분이
들었다. 후미카와 만날 수 있었으니까, 이제 와서는 아무
래도 상관없는 일이다.

그것보다 궁금했던 것이 있었다.

"첫 번째와 두 번째 샌드위치는, 뭐가 달랐던 건가
요?"

다시 생각해봐도 알 수가 없다. 완전히 똑같아 보였
지만, 뭔가가 달랐다. 처음의 달걀 샌드위치는 먹어도 후
미카가 나타나지 않았다.

가이는 시원스레 다이지의 질문에 대답해 주었다.

"빵이 달랐습니다."

"빵이요?"

"네. 처음 빵은 밀가루로 만든 것이었는데, 두 번째
빵은 쌀가루로 만든 글루텐 프리 빵이었습니다."

글루텐 프리라는 말은 알고 있다. 편의점이나 마트에
서도 그렇게 쓰여 있는 음식을 파는 것을 본 적이 있다.

밀가루 알레르기.

글루텐 과민증.

아는 사람 중에도 그런 증상으로 고생하는 사람이 있고, 텔레비전이나 인터넷에서도 본 적이 있다. 밀가루를 먹으면 두통, 설사, 구토, 두드러기 등의 증상이 일어난다고 한다. 그리고 쌀가루는 밀가루 대신 사용할 수 있는 대표적인 식재료다.

"나카자토 양의 달걀 샌드위치는 쌀가루 빵으로 만들어졌던 겁니다."

"어떻게……."

다이지는 다시 물었다. 그 설명만으로는 알 수가 없다. 여전히 의문이 남아 있다.

"어떻게 그걸 아셨어요?"

그때의 달걀 샌드위치에 쌀가루 빵을 사용했다니, 다이지도 몰랐던 일이다. 더욱이 가이는 먹어보지도 않았는데.

"니키 씨에게 이야기를 들었으니까요."

가이는 대답했다. 니키 씨는 고토코를 말한다.

고토코는 다이지가 걱정돼서 만일을 위해 고양이 식

당에 미리 전화를 했을 것이다. 그때 사정을 모두 이야기했는지도 모른다.

"고토코 누나는 쌀가루 빵이라는 걸 알고 있었던 건가요?"

말도 안 된다고 생각하면서도 물었다. 아니면 다이지가 몰랐을 뿐, 고토코는 후미카와 아는 사이였던 걸까?

"아니요. 니키 씨는 모르셨을 거라고 생각합니다."

"그럼 어떻게?"

"쿠키 때문에요."

"네?"

"니키 씨에게서 들은 것은 쿠키 사건입니다."

"설마, 그렇다면……."

"네, 그렇습니다."

공원에서 후미카와 함께 달걀 샌드위치를 먹은 날, 쿠키를 주려고 했다가 거절당했다. 차였다고 생각했지만, 그렇지 않았던 것이다.

"밀가루가 들어 있어서 쿠키를 먹을 수 없었던 겁니다."

그때 후미카는 곤란한 얼굴로 뭔가를 말하려고 했다.

다이지는 그것을 듣지도 않고 달려가 버렸다. 그리고 학원에서 심한 말을 했다.

처음부터 마지막까지, 잘못한 것은 다이지 쪽이었다. 멋대로 화를 내고, 후미카에게 상처를 입히고 말았다.

"물론 이것은 저의 상상에 지나지 않습니다. 그렇지 않을 가능성도 있습니다."

그래서 처음에는 밀가루로 만든 빵을 내놓았던 것이다. 후미카가 나타나지 않자, 쌀가루 빵이라고 가이는 확신했다.

신기하게만 느껴졌던 일이 설명을 듣자 논리 정연했다. 납득할 만했다. 나도 가이만큼만 침착했다면, 후미카에게 상처를 입히는 일은 없었을 텐데.

"그럼 천천히 드세요."

가이는 머리를 숙이고 부엌으로 돌아갔다.

다이지는 고개를 숙인 채 입술을 깨물었다. 꼬마의 울음소리가 들렸지만, 그쪽을 볼 수가 없었다.

머릿속에 떠오르는 것은 후미카뿐이었다.

기억은 흐려져 가기 마련이지만, 후미카를 잊을 일은 절대 없을 것이다. 인생의 마지막을 맞이하더라도, 후미카에 대해서만은 분명 기억할 것이다.

　다이지에게 있어서 평생에 한 번뿐인 첫사랑이니까.

　첫사랑은 잊을 수 없는 법이니까.

세 번째 추억

줄무늬 고양이와
땅콩밥

땅콩

지바현의 대표적인 명산물. 국내산의 약 8할이 지바현에서 생산되고 있다. 11월 11일은 땅콩의 날로, 그 무렵 제철을 맞이한다고 한다.
나고미노요네야의 '피너츠 모나카*'는 기념품으로서도 인기가 많아서, 역의 판매점 등에서 팔리고 있는 것도 있다. 그 외에도 '땅콩 다쿠아즈'와 땅콩 파이 등, 땅콩을 사용한 유명한 제과류가 많다.

*참쌀가루로 만든 얇고 바삭한 과자 안에 땅콩으로 만든 달콤한 소를 채운 과자. 귀여운 땅콩 모양이라서 기념품으로 인기가 많다.

고토코는 고양이 식당에 갔던 날을 떠올렸다. 살아갈 힘을 잃은 채, 어찌할 바를 모르는 상태로 고양이 식당을 찾아갔고, 거기서 가이와 고양이 '꼬마'를 만났다.

그 식당에서 추억 밥상을 먹자 죽은 오빠를 만날 수 있었다. 오빠가 고양이 식당에 나타났던 것이다. 그리고 오빠는 고토코에게 말했다.

"부탁이 하나 있어."

"무대에 서 줘."

죽은 오빠가, 어째서 그런 부탁을 했는지는 알 수 없었다. 제대로 설명도 하지 않고 오빠는 저세상으로 돌아가 버렸고, 의문만 남았다. 그러나 그 의문을 풀어준 사람이 고양이 식당의 가이였다.

"오빠가 한 번 더, 무대에 서고 싶었던 것이 아닐까요?"

그리고 등을 떠밀어 주었다.

"힘내세요. 꼬마와 함께 응원하겠습니다."

그 말을 듣고, 연극을 하고 싶어 하는 자신의 마음을 깨닫게 되었다.

고양이 식당을 나와서, 곧바로 극단으로 향했다. 그리고 구마가이에게 "배우로서 극단에 들어가고 싶어요"라고 부탁했다. 지금처럼 행인 역할이 아니라, 대사가 있는 역할을 하고 싶다, 오빠 같은 배우가 되고 싶다고 말한 것이다.

"연습에 오는 것은 자유지만, 유이토처럼 될 수 있을지는 고토코가 하기에 달렸어. 배역은 자신의 힘으로 따내도록 해."

그것이 구마가이의 대답이었다. 엄격하지만, 상냥한 말이었다. 고토코가 극단에 들어가고 싶다고 말하기를 기다리고 있었던 것만 같았다.

고토코는 구마가이의 눈을 바라보며 대답했다.

"앞으로 잘 부탁드립니다."

이렇게 해서 정식으로 극단에 들어가게 되었다.

연습은 힘들었다. 초보자에 불과한 고토코는 체력도, 발성도 부족했다. 구마가이에게 몇 번이나 혼이 났다. 힘이 다 빠져 주저앉은 적도 있었다.

하지만 도망치려는 생각은 하지 않았다. 한 걸음씩 앞으로 나아간다는 보람이 있었기 때문이다. 또한 오빠가 지켜보고 있다고 스스로를 격려할 수 있었고, 힘들 때는 가이의 말을 떠올렸다.

"꼬마와 함께 응원하겠습니다."

극단의 연습과는 별도로 노력을 했다. 체력을 키우기 위해서 피트니스를 시작하고, 가까운 공원에서 수도 없이 발성연습을 반복했다.

그렇게 한 달이 지나 첫 무대가 결정되었다. 작은 극단이라서일 것이다. 대사가 있는 배역을 받을 수 있었다. 고토코의 데뷔작. 배우로서 무대에 설 수 있게 되었다. 고토코의 인생이 바뀌려 하고 있었다.

그리고 부모님도 바뀌었다. 오빠가 죽은 뒤 넋이 나간 것만 같았던 부모님이, 고토코가 무대에 선다고 말하자 표정이 밝아졌다.

"어떤 연극이니?"

"대사는 얼마나 있니?"

"의상은 준비했니?"

"또 누가 나오니?"

그런 질문을 연이어 쏟아낸 뒤, 부모님은 고토코에게
말했다.

"응원하러 가야지."

"당연하지, 정말 기대되는구나."

그 자리에서 지갑을 꺼내 티켓을 사겠다고 말을 꺼냈
다. 다시 일어설 계기를 기다리고 있었다는 걸 알 수 있
었다. 아니, 어쩌면 고토코가 다시 일어서는 것을 기다리
고 있었는지도 모른다. 오빠가 죽고 나서 제정신이 아니
었던 것은 고토코도 마찬가지였으니까.

내가 죽는 게 나았을 텐데.

쓸모없는 내가 살아남아 버렸어.

몇 번을 그렇게 생각했는지 모른다. 그렇게 바닥까지
가라앉아 있던 고토코가 기운을 내기만을 조용히 기다
려 주었던 것이다.

"티켓, 불단에 올려둘게요."

고토코의 말에 부모님의 눈가가 촉촉해졌지만, 눈물을 흘리지 않고 웃는 얼굴로 고개를 끄덕였다.

"유이토도 기뻐할 거야."

그렇게 중얼거린 아버지의 말을, 고토코도 엄마도 받아들일 수 있었다. 이제 오빠에 대해서 자연스럽게 이야기할 수 있게 되어 가족이 다 함께 불단에 손을 모으고 고토코가 무대에 서게 되었다는 것을 보고할 수 있었다.

시간의 흐름은 자비가 없어서, 모든 것을 과거로 만들어 버린다. 하지만 덕분에 낫게 되는 상처도 있었다.

고토코는 백화점 식품관을 여러 군데 돌아다닌 끝에 쥐노래미를 사와서 그날 저녁에 조림을 만들었다. 고양이 식당에서 먹은 것처럼 맛있게 만들지는 못했지만, 한때 오빠가 만들어 주었던 것처럼 청주와 생강을 넣어서 조렸다.

청주와 생강의 향기가 피어오르자, 간장과 설탕으로 맛을 냈다. 그리고 그 조림국물로 니코고리를 만들고, 질냄비에 따끈따끈하게 밥을 지었다.

완성되자 쟁반으로 요리를 날라, 4인용 식탁에 부모

님과 자신, 오빠의 몫까지 식사를 차렸다. 고토코 나름의 가게젠, 오빠의 추억 밥상을 차릴 생각이었다.

가족 모두가 함께 쥐노래미 조림을 먹고, 갓 지은 밥에 니코고리를 올려 맛보았다. 그리고 오빠와의 추억을 이야기했다. 많은 이야기가 오갔다. 이야기하면서 고토코도 부모님도 울었지만, 흘린 눈물은 따뜻했다.

오빠는 나타나지 않았고, 목소리도 들리지 않았다.

'이 세상에 올 수 있는 것은 오늘뿐이야. 이 시간이 끝나면 아마 다시는 이 세상에 올 수 없을 거야.'

고양이 식당에서 오빠는 그렇게 말했다. 그 말은 정말이었다.

오빠가 살아 있던 그때로는 돌아갈 수 없지만, 고토코와 부모님은 이제 앞으로 나아가기로 했다. 간신히 그렇게 마음먹을 수 있었다.

이것도 후쿠치 가이 덕분이다. 그의 요리와 그의 말이 고토코에게 다시 일어서는 계기가 되어주었다.

그래서 고토코는 가이를 무대에 초대하고 싶었다. 대사가 있는 역할을 연기하는 자신을 보여주고 싶었다.

실은 딱 한 번 전화를 건 적이 있었다. 이웃집 아이에게 고양이 식당에 대해 가르쳐 주었을 때다. 고민에 빠진 얼굴을 하고 있었기 때문에 그만 가르쳐주고 말았다.

고양이 식당에 가고 싶다면, 함께 가줄게.

그렇게 일러두었지만, 혼자 가버릴 것 같은 기분이 들어서 가이에게 전화를 했다. 한 달 만에 듣는 목소리는 여전히 상냥했다.

"전화 주셔서 감사합니다. 고양이 식당입니다."

그 목소리에 섞여서, '냐아아' 하고 고양이의 울음소리가 들렸다. 꼬마의 울음소리다. 파도 소리와 괭이갈매기의 울음소리까지도 들려올 것만 같았다.

가이와 꼬마의 모습을 떠올리면서, 고토코는 사정을 설명했다. 자신이 알고 있는 것을 전부 가이에게 털어놓았다.

"알겠습니다. 하시모토 군이라고요. 참고하도록 하겠습니다. 전화 주셔서 감사합니다."

이야기는 끝났다. 그때는 무대가 결정되어 있지 않았기 때문에 보러 와 달라는 말을 하지 못했다. 한 번 더 전화를 걸어서 정식으로 초대할 생각이었다.

작은 극단이기 때문에 관객은 아는 사람들이 대부분

이다. 유이토가 살아 있었을 때는 팬들이 보러 올 때도 있었지만, 지금은 지인들밖에 보러 오지 않는다. 혹시나 싶어서 연습이 끝난 뒤에 구마가이에게 가이를 공연에 부르고 싶다고 말했다.

바로 알아차리지 못한 모양인지, 되물어왔다.

"후쿠치 가이? 누구더라?"

"고양이 식당의 주인이에요."

고토코가 대답하자 옛 기억을 더듬는 듯한 얼굴을 하더니, 간신히 고개를 끄덕였다.

"아, 그 집 아들 말이구나."

그 말을 듣고, 이번에는 고토코가 어리둥절했다.

"부모님이 계셨나요?"

식당에 가이 외에는 꼬마밖에 없었다. 다른 사람이 있는 기척은 없었다.

"어머니가 계셔. 전에도 이야기했을 텐데, 식당 주인은 50세 정도의 여자분이야."

완전히 잊어버리고 있었다. 오빠를 만난 일로 머릿속이 꽉 차서, 구마가이에게 다시 들을 때까지 잊어버리고 있었다.

"나나미 씨는 안 계셨나 보구나."

"네. 제가 갔을 때는 후쿠치 가이 씨와 고양이밖에 없었어요."

"그랬구나……. 블로그도 하셨었는데."

"블로그?"

"그래, 식당 블로그. 그 식당에는 사정이 있어서 말이야……. 뭐, 내가 말하기보다 직접 읽는 편이 빠를 거야. 한동안 보지 않았지만, 아직 있지 않을까?"

혼잣말처럼 말하더니 그 블로그의 이름을 가르쳐 주었다.

고토코는 컴퓨터도 스마트폰도 잘 사용하지 못한다. 가지고 있기는 하지만, 거의 사용하지 않는다. 그래도 그때만큼은 집에 돌아가 컴퓨터를 켰다. 구마가이가 가르쳐준 이름으로 검색하자 금방 찾을 수 있었다.

고양이 식당의 추억 밥상.

그것이 블로그의 이름이었다. 자주 갱신되는지, 제법 많은 글이 올라와 있었다.

바닷가와 괭이갈매기, 그리고 식당의 사진이 올라와 있었고, 입구의 칠판 옆에 앉아 있는 꼬마의 사진도 있었다. 전에 봤을 때보다도 더 작았다. '냐아' 하는 울음소리가 들려올 것 같았다.

이 블로그에 구마가이가 말한 사정이 쓰여 있는 것일까?

그것을 찾아보려고 옆에 있는 카테고리에서 최신 글 목록을 훑어본 그 순간.

"……어?"

무심결에 소리를 내버린 것은 최신 글의 날짜가 2개월 이상이나 전이었기 때문이다. 갱신이 멈춰 있다. 몇 년 동안 꾸준히 1주일에 한 번 꼴로 꾸준히 갱신되고 있었는데, 그 날짜를 마지막으로 멈춰 있었다.

불안한 기분이 들었다.

무슨 일이 생겼을 것만 같았다.

어찌 해야 할지 모르겠는 기분으로 고양이 식당에 전화를 걸었다. 가이의 목소리를 듣고 싶었다.

하지만 들을 수 없었다.

아무도 전화를 받지 않았다.

부재중 자동응답기로도 연결되지 않고 통화 연결음만이 계속 울렸다. 가이의 휴대전화 번호는 모르는데. 불안한 마음으로 전화를 끊었다.

"어쩌면 좋지……."

스마트폰을 향해 중얼거렸지만, 고민은 한순간이었다.

가보자.

금방 결단을 내렸다. 부모님의 허락을 받고 급히 집을 나섰다. 아직 오후니 지금 출발하면 깜깜해지기 전에 바닷가 마을의 역에 도착할 것이다.

고토코는 서둘러 역으로 향했다.

도쿄역에서 쾌속열차 특석에 탔다. 전에 갔을 때와 마찬가지로 2층으로 된 차량이다. 2층은 만석이었지만, 1층에는 자리가 몇 개 비어 있었다. 창가 자리에 앉아 스마트폰을 손에 들었다. 가이의 어머니가 쓴 블로그를 읽을 생각이었다.

고양이 식당이 있는 바닷가 마을의 역까지는 약 1시간 반이 걸린다. 모든 글을 다 읽을 시간은 없을 것 같아서, 오래된 날짜의 글부터 읽기로 했다.

추억 밥상을 시작했습니다.

이런 제목의 글에 고양이 식당을 시작한 이유가 쓰여 있었다. 나나미 씨의 남편, 즉 가이의 아버지는 원래 어부였지만, 아이가 태어난 후 수입을 이유로 그 지역의 제철소에 취직을 했다. 더 이상 어업으로 생계를 유지할 수 있는 시대가 아니었기 때문이었다.

하지만 가이의 아버지는 바다와의 인연은 끊지 않았다. 어부를 그만두고도 계속 바다를 사랑했다.

제철소가 쉬는 날이면 물고기를 잡으러 바다로 나갔다. 어부였기 때문에 선박 면허도 가지고 있었고, 소형 선박도 처분하지 않았다.

그러던 어느 날, 저녁 반찬거리를 잡아오겠다며 가이의 아버지는 바다로 향했다. 그리고 돌아오지 않았다.

남편은 지금도 바다로 떠난 채 돌아오지 않고 있습니다.

블로그에는 이렇게 쓰여 있었다. 행방불명. 살아 있는지 죽었는지도 모르는 채로, 세월이 20년이나 흐르고 만

것이다.

제철소의 돈벌이는 제법 괜찮았다. 낭비하는 성격도 아니었기 때문에 상당한 금액의 저금이 있었다. 거기에 선조 대대로 물려받은 땅 근처에 도쿄만 아쿠아라인*이 건설된 덕분에 그 땅을 비싸게 팔 수 있었다.

당장의 생활비를 걱정할 일은 없었지만, 일하지 않고 살 수 있을 정도는 아니었다. 게다가 나나미는 놀고먹을 성격도 아니었기에 살고 있는 집을 개축해서 고양이 식당을 시작했다.

요리는 하는 데는 생계를 위해서만이 아니라, 다른 이유도 있었다.

남편이 무사하기를 바라며 가게젠을 만들기 시작했습니다.

그 가게젠을 계기로 추억 밥상이 탄생했다. 고양이 식당에서 추억 밥상을 주문하면 소중한 사람을 만날 수

---

* 도쿄만을 가로질러 가나가와현과 지바현을 연결하는 고속도로. 인공섬 휴게소를 사이에 두고 해저터널과 대형 교량으로 연결되어 있다는 독특한 입지로 인해 관광 명소로도 유명해졌다.

있게 된 것이다. 남편을 생각하는 나나미의 마음이 기적을 일으켰는지도 모른다.

고토코에게 추억 밥상을 만들어 준 것은 나나미가 아닌 가이였다. 가이도 어려서 헤어진 아버지를 생각하며 가게젠을 만들고 있었던 것일까?

문득 의문이 떠올랐지만, 그 답은 다른 날짜의 글에 쓰여 있었다.

제가 퇴원할 때까지는 아들이 식당을 운영하고 있습니다.

나나미 씨는 입원해 있었던 것이다. 그래서 고양이 식당에 없었다. 가이가 혼자서 식당을 하고 있는 이유도 알게 되었다. 어머니가 건강하게 돌아오기를 바라며 추억 밥상을 만들고 있었을 것이다.

문제는 그 뒤의 일이다. 나나미 씨가 어떻게 되었는지, 지금 어떻게 지내고 있는지는 아무 데도 쓰여 있지 않았다.

단서를 찾아 블로그를 읽고 있는 동안, 기차가 바닷가 마을의 역에 도착했다. 어느새 승객은 고토코 혼자만이 남아 있었다. 플랫폼에 내리자 이미 해가 저물고 있었다. 밤이 가까웠다.

고양이 식당은 아침식사만 하는 곳으로, 오전 10시가 지나면 문을 닫는다. 지금 찾아가도, 아무도 없을지도 모른다. 가이와 만날 수 없을지도 모른다.

그렇게 생각했지만, 발걸음을 멈추지 않았다. 고민만 하기보다는 행동에 옮기는 쪽이 후회하지 않는 법이니까.

한산해진 역을 나서서 버스를 기다리지 않고 택시를 탔다. 한시라도 빨리 고양이 식당에 도착하고 싶었다.

택시는 시원스레 달렸다.

도로는 한산했고, 바다까지 15분도 걸리지 않았다. 모래 해변 앞에서 택시를 내려, 조개껍데기가 깔린 오솔길로 서둘러 발길을 옮겼다.

11월의 낮은 짧다. 택시를 타고 가는 사이에 완전히 밤이 되어 버렸다. 하지만 어둡지는 않았다. 달이 뜬 덕분이다.

파도 소리는 들려왔지만, 괭이갈매기의 울음소리는 들리지 않았다. 올빼미나 해오라기 소리도 들리지 않았다. 이 세상의 생물 모두가 잠들어 버린 듯한 고요한 밤이었다. 자신의 발소리가 시끄럽게 느껴질 정도였다. 그러나 고토코는 그것을 미안하게 생각할 여유도 없이 발길을 재촉했다.

곧 가게가 눈에 들어왔지만, 불은 꺼져 있었다. 영업시간이 아니니까 문을 닫았다고 해도 이상하지 않을 테지만, 어째선지 식당 자체가 문을 닫은 것 같은 느낌이 들었다.

아무도 없다, 그렇게 생각했다. 가이도 꼬마도 어디론가 가버린 것 같았다.

인생에는 헤어짐이 있기 마련이다. 아무리 상대방을 생각한다 해도, 헤어짐은 반드시 찾아온다. 오빠에 대해서 떠올리고, 다이지의 첫사랑 여자아이를 떠올렸다. 만나고 싶어도 이제 다시는 만날 수 없는 사람들이다.

두번 다시, 가이와 꼬마를 만날 수 없는 걸까?

불안한 마음이 들이닥쳤지만, 그 예감은 틀렸다. 아직 헤어지기에는 일렀다. 고토코의 귀에 도어벨 소리가 들려왔다.

딸랑딸랑.

고양이 식당의 문이 열리는 소리다. 달빛에 의지해 그쪽을 봤더니 가게에서 사람 그림자가 나오는 모습이 보였다. 가이였다. 안경을 쓰고 있지 않아서 다른 사람처럼 보였지만, 틀림없이 가이다.

딸랑딸랑.

다시 도어벨이 울렸다. 가이가 문을 닫고, 열쇠로 잠그고 있다. 어딘가로 외출하려던 모양인지, 이쪽을 향해 걸어오기 시작했다.

"……니키 씨?"

가이가 놀란 얼굴을 했다. 설마 이런 시간에 찾아오리라고는 생각하지 못한 모양이다.

고토코도 놀랐다. 없어졌다고 생각하고 있었던 데다, 불까지 꺼진 식당에서 나올 거라고는 생각도 못하고 있었다.

"아, 저기…… 안녕하세요……."

얼빠진 말밖에 나오지 않았다.

"안녕하세요."

가이도 인사해 주었지만, 고토코가 나타난 것에 많이 당황한 모양이었다.

침묵이 흘렀다.

그 침묵을 참을 수가 없었다.

"어머니가 쓰신 블로그를 봤어요."

고토코가 말했다. 하지만 어떻게 다음 말을 이어야 할지 알 수가 없었다. 가이와 만나는 것은 이번이 두 번째다. 새삼스레 입원해 있는 어머니에 대해서 물어볼 정도의 관계는 아니었다.

나는 대체 무슨 소리를 해 버린 걸까. 후회했지만, 입밖으로 내버린 말은 주워 담을 수 없다. 묵묵히 가이의 반응을 기다렸다.

"그러셨군요……."

가이가 이렇게 중얼거리더니 보고하듯 말을 이었다.

"지난주에 장례식을 치렀습니다."

감정이 느껴지지 않는 조용한 목소리로 자신의 어머니의 죽음을 고한 것이다. 가이의 어머니는 세상을 떠난 것이다.

아무 말도 할 수가 없었다. 마음 어딘가에 예상하고 있었던 것이지만, 그 말은 너무 무거웠다.

위로의 말조차 꺼내지 못하고 입을 다물고 있자, 가

이가 말을 이었다.

"식사를 하러 오신 거라면, 죄송합니다. 고양이 식당은 정리하기로 했습니다. 식당을 그만두고, 이 마을도 떠날 생각입니다."

예상은 적중했다. 고토코가 느낀 불안은 틀리지 않았다.

"블로그를 보셨다면 아시겠지요? 어머니가 돌아가신 이상, 가게젠을 만들 이유가 없어졌습니다."

추억 밥상이 아니라 '가게젠'이라고 말했다. 역시 가이는 어머니가 돌아오기를 바라며 요리를 만들고 있었다.

누구에게나 어머니는 소중한 존재다. 하물며 가이의 어머니는 혼자 힘으로 아들을 키웠으니 더욱 그럴 것이다.

그런 어머니가 돌아가셨다. 오빠를 잃은 고토코에게는 가이의 충격이 이해가 되었다. 마음이 텅 비어 버린 것 같은 기분일 것이다. 고토코가 그랬던 것처럼.

"이제 마지막 가게젠을 만들러 가려던 참입니다."

가이는 이야기를 끝맺으려는 듯이 말했다. 그리고

"실례하겠습니다"라고 고토코에게 고개를 숙이고는 다시 걷기 시작했다.

고토코의 옆을 지나쳐 어딘가로 가려 하고 있었다. 그 뒷모습이 유난히도 작아 보였다. 바로 앞에 있는데도, 멀게만 보인다. 가이를 이대로 혼자 가게 둘 수는 없었다.

"제가 같이 가도 될까요?"

정신을 차렸을 때는 이미 말을 뱉은 뒤였다. 자신의 말에 스스로도 놀랐다. 식당의 영업시간이 지나서 온 것만 해도 겸연쩍은데, 마치 남자에게 매달리려고 온 여자 같다. 얼굴이 화끈거렸지만, 밤의 어둠이 감추어 주었다.

가이가 멈춰 서서 돌아보았지만, 달빛이 역광으로 비쳐 표정이 보이지 않았다. 단지 조용히 말했다.

"상관없습니다. 함께 가시죠."

이렇게 해서 고토코는 가이와 함께 밤의 해변을 걷기 시작했다.

고토코는 가이의 뒤를 따라 조금 뒤처져서 걸었다.

그는 빈손이었다. 마지막 가게젠을 만들러 간다고 말

했으면서, 재료나 조리도구를 가지고 가지 않는다. 또 꼬마도 없었다. 식당에 두고 온 것일까?

조리도구나 꼬마만이 아니다. 그 외에도 의문이 많이 남았다.

아침식사만 하는 식당인데, 어째서 이런 밤에 요리를 하러 가는 걸까?

어째서 오늘은 안경을 쓰고 있지 않은 걸까?

고양이 식당을 그만두고, 어디로 가려는 걸까?

물어보고 싶었지만, 묻지 않았다. 그럴 분위기도 아니었고, 묻지 않아도 함께 가면 자연스럽게 알 수 있을 것 같았기 때문이다.

가이도 아무런 설명을 하지 않았다. 아무 말 없이 모래사장을 지나, 고이토가와로 이어지는 길에 도착했다.

바다가 보이지 않게 되었는데도 여전히 주변에는 아무도 없었고 바닷가 마을은 변함없이 조용했다. 민가는 있지만, 불은 밝혀져 있지 않았다. 모두 빈집은 아닐 텐데 말소리도 텔레비전 소리도 새어나오지 않았다. 고토코가 사는 도쿄에 비해 가로등이 적어 달빛만을 의지해서 걸었다.

그렇게 걸어가다 보니 보행자 전용 도로가 나타났다.
고이토가와를 따라서 만들어진 산책로로, 시의 홈페이
지에도 실려 있는 명소다.

연안의 녹지대에는 약 720그루의 벚나무가 자라고 있어서,
벚꽃 철이 되면 강과 어우러져 아름다운 풍경이 펼쳐집니다.

벚나무 외에도 유채꽃과 진달래, 코스모스 등이 심
겨 있다고 한다. 참고로 유채꽃은 지바현의 상징이기도
하다.

11월이라서 지금은 벚꽃도 유채꽃도 피어 있지 않았
지만, 다리 부근에는 조명이 밝혀져 있어서 강 표면에 비
친 그림자가 아름다웠다. 강바닥에 또 하나의 마을이 있
는 것처럼도 보였다.

어느새 파도 소리가 들리지 않게 되었다. 돌아보아도
이제 고양이 식당이 보이지 않는다.

가이는 그대로 몇 분을 더 걸어가다 산책로에서 벗어
나 옆길로 접어들었다. 가로등도 없는 샛길이다.

따라갔더니 고이토가와도 보이지 않아 어디를 걷고

있는지 전혀 알 수가 없었다. 처음 와본 동네다.

하지만 신기하게도 불안하지는 않았다. 가이가 옆에서 함께 걷고 있다는 것만으로도 안심할 수 있었다. 이대로 영원히 계속 걸어가고 싶은 기분까지 들었다.

하지만 둘만의 시간은 금세 끝났다. 샛길로 접어든 지 5분도 지나지 않아 가이가 멈춰 서더니, 어둠 저편을 가리켰다.

"저 집에서 가게젠을 만들 겁니다."

낡은 일본 전통 가옥 한 채가 달빛에 비쳐 보였다. 그 옆에는 밭이 있었는데, 어두워서 무엇이 심겨 있는지는 알 수 없었다.

"땅콩 밭입니다."

가이가 가르쳐 주었다.

땅콩은 지바현의 특산물이다. '피너츠 모나카'나 땅콩파이, 땅콩 사브레 등 땅콩을 사용한 제과류도 많이 생산된다. 관광객들의 기념품으로도 인기가 있어서, 기차역의 매점에서도 판매하고 있을 정도다. 일부러 인터넷으로 주문하는 사람도 있다고 한다.

하지만 땅콩 농사는 이제 인기가 시들해져서, 일본 내 땅콩 재배 면적은 점점 감소하고 있다. 현재는 1965년에 비하면 10분의 1 정도밖에 남지 않았다. 저렴한 외국산 땅콩이 늘어난 탓이라고 한다. 지바현에서도 땅콩 농가는 줄어들고 있다.

이제부터 방문하려는 집의 주인, 구라타 요시오는 올해 82세가 되었다. 그는 땅콩 농가의 외아들로 태어났다.

아주 오래전의 일이다. 1964년의 도쿄 올림픽이 개최되기도 전, 그의 집에서는 '이 마을에서 가장 맛있다'고 소문이 자자할 정도로 맛있는 땅콩을 재배했다. 제과점이나 음식점에서도 그 땅콩을 사려고 줄을 설 정도였다고 한다.

그러나 요시오는 농가를 잇지 않았다. 자신의 뜻이 아니라, 부모님이 다른 곳에 취직하기를 바랐기 때문이었다.

"회사에 다니는 편이 훨씬 나아. 땅콩 농사 같은 거, 할 일이 못 된다니까."

요시오의 아버지는 그렇게 말했다. 부모의 말을 거스를 수 있는 시대도 아니어서, 중학교를 졸업하고 바로 취직을 했다. 근처의 건축회사와 자동차 정비공장 같은 데서 일하다가 제철소에 취직하게 되었다.

1965년 바다를 메우고 세워진 그 제철소는 일본을 대표하는 대기업 중 하나였다.

그리고 그 선택은 다행히 나쁘지 않았다. 요시오가 회사원이 된 뒤에도 부모님은 밭일을 계속했지만, 저렴한 수입산 땅콩에 밀려 판매가 어려워졌다. 아무리 맛있는 땅콩을 생산해도, 값을 후려치니 이익을 낼 수가 없었다.

요시오가 30세가 될 무렵에는 밭의 대부분을 팔았다. 집 바로 옆에 있는 밭만 남기고, 집에서 먹을 정도의 땅콩만 농사를 지었다. 이 마을에서 가장 맛있다고 소문이 났던 땅콩은 그렇게 시장에서 모습을 감췄다.

"이렇게 될 줄 알았거든."

요시오의 아버지는 힘없이 이렇게 말했다.

세월이 지나, 요시오는 결혼을 했다. 요시오보다 네 살 어린 세쓰라는 이름의 여자였다. 서른이 넘으니 당시로서는 늦은 결혼이었지만, 부모님은 기뻐했다.

일가는 조금 더 화기애애해졌다. 부모님과 세쓰, 셋이

서 밭농사를 짓게 되었다. 회사가 쉬는 날에는 요시오도 가세해 땅콩 농사를 짓고, 수확해서 넷이서 같이 먹었다.

"우리집 땅콩이 제일 맛있지?"

자신만만한 아버지의 말에 세쓰가 크게 고개를 끄덕였다.

"먹는 게 아까울 정도로 맛있어요."

그 대답이 우스웠는지 부모님이 웃음을 터뜨리고, 자신이 한 말에 세쓰도 웃었다. 조금 늦게 요시오도 웃었다.

요시오와 세쓰 사이에 아이는 없었지만, 웃음소리가 끊일 날 없는 시간이 흘렀다. 요시오도, 부모님도 모두 행복했다.

이런 시간이 계속되기를 바랐지만, 그것은 불가능한 바람이었다. 사람의 수명에는 한계가 있다. 세쓰가 시집을 온 뒤 10년도 지나지 않아 부모님이 연이어 병에 걸렸다. 두 분이 함께 몇 년간 자리보전을 하다가 저제상으로 떠났다.

"미안하네."

부모님의 장례식을 치른 뒤, 요시오는 세쓰에게 머리

를 숙였다. 어느새 40대 후반에 접어들었다. 아이도 생기지 않은 채, 시간이 흘러갔다.

미안하다고 생각한 것은 진심이었지만, 무엇을 사과하고 있는지 스스로도 알지 못했다. 늙은 부모의 병수발을 들게 한 것에 대해서인지, 아니면 아이가 생기지 않은 것에 대해서인지, "대체 뭘 사과하는 거예요?"라고 되묻는다면 분명 대답할 수 없었을 것이다.

하지만 세쓰는 되묻는 일 없이 조용히 말했다.

"괜찮아요."

그날의 대화는 그걸로 끝났다. 좀 더 제대로 이야기했으면 좋았을 걸, 하고 나중이 되어서야 생각했다.

시간은 빨리도 흘러서, 요시오는 회사에서 정년퇴직을 했다. 60세가 된 것이다. 노인이라 부르기에는 이르지만, 물론 젊지도 않다. 인생의 절반은 이미 진작에 지나가 요시오도 세쓰도 머리카락이 새하얘졌다.

요시오가 다니던 회사는 일본에서 손꼽히는 제철소였고, 시대도 좋았어서 퇴직금과 국민연금만으로 정년퇴직 후의 생활이 가능했다.

그래서 재취직은 하지 않고, 세쓰와 둘이서 열심히

밭농사를 지었다. 밭농사를 짓자고 먼저 말을 꺼낸 것은 세쓰였다.

"집에서 먹을 것 정도라면 우리 같은 노인이라도 할 수 있을 거예요."

농담처럼 말했지만, 정말 그 정도 양밖에 나오지 않았다. 정신을 차리자, 세상은 부모님이 살아 계시던 무렵과는 완전히 달라져 있었다.

근처에 땅콩 농가는 한 집도 남지 않았다. 모두 땅을 팔고 어딘가로 떠나 버렸다. 가깝게 지내던 이웃들도 이사를 하거나, 양로원에 들어가거나, 세상을 떠났다. 요시오의 집 주변에는 줄줄이 빈집만이 남았다.

친척과의 교류도 없어지고, 가까운 이웃마저도 없어졌지만, 쓸쓸하지는 않았다. 세쓰가 옆에 있어 주었기 때문이다.

함께 마트에 가서 장을 보고, 도서관에 책을 빌리러 갔다. 밭일로 땀을 흘리고, 일주일에 한 번은 외식을 즐겼다. 멀리는 아니더라도 여행을 가기도 했다. 충만한 생활이었다.

"내년에도 이렇게 별일 없이 살았으면 좋겠구먼."

"그렇네요."

연말이 가까워 올 때마다, 그런 대화를 반복했다. 조용히 살아가는 노부부의 유일한 소원이었다.

달리 아무것도 필요 없으니까. 조금 더 세쓰와 함께 살고 싶습니다. 부디 부탁드립니다.

절이나 신사에 가면 반드시 그렇게 기도하며 손을 모았다.

부처님도 몇 년 동안은 그 소원을 들어주었다. 인생에 주어진 길지 않은 행복한 시간이었다. 하지만 끝은 갑자기 찾아왔다. 세쓰가 병에 걸렸고, 괴로워하던 끝에 숨을 거두었다.

한 해가 끝날 무렵 아내의 장례식을 치르고, 혼자 남아 새해를 맞이했다. 죽기 전까지 이어질 혼자뿐인 나날의 시작이었다.

도서관도, 외식도 가지 않게 되었지만, 밭농사는 계속했다. 텃밭을 손보고, 땅콩 농사를 지었다.

수확한 땅콩을 혼자서 먹었다. 세쓰나 부모님이 살아 있던 무렵과 같은 맛이 났다. 모든 것이 바뀌었지만, 밭에서 수확한 땅콩의 맛만큼은 변하지 않았다.

그런 생활을 1년 정도 보낸 어느 날, 허리에 통증이 느껴졌다. 텃밭에 나가 있을 때였다. 허리를 삐끗했을 때와도, 근육통과도 다른 통증이었다. 확신에 가까운 예감이 들었다.

요시오는 병원에 가서 검사를 받았고 바로 입원을 하게 되었다. 암이 발견된 것이다. 게다가 전신에 전이된 상태였다.

"치료는 어려울 것 같습니다."

손주 정도의 나이로 보이는 젊은 의사가 그렇게 말했다. 이미 늦었다는 뜻이다. 요시오의 수명도 이제 끝나가려 했다.

"어머니와 같은 병이에요."

가이는 말을 이었다. 고토코는 가이 어머니의 병명을 처음 알았다. 뭔가 말해야 한다고 생각했지만, 역시 아무 말도 나오지 않았다. 입을 다물고 있으니, 가이가 말을 이었다.

"구라타 요시오 씨는, 어머니와 같은 병원의 병동에 계셨습니다."

그 말이 마음에 걸렸다. 과거형이었기 때문이다. 지금은 아니라는 말이다.

"퇴원하셨나요?"

"일시적인 퇴원입니다."

"일시적이라니, 무슨 뜻이죠……?"

"몸을 움직일 수 있는 동안에 자택과 밭을 정리하고 싶다고 하면서 잠시 퇴원하셨다고 합니다."

병이 나은 것도, 몸 상태가 좋아진 것도 아니라는 뜻이다.

"그래도 괜찮으신 건가요?"

고토코는 걱정이 되었다. 가족이 있다면 모를까, 요시오는 혼잣몸이다. 몸 상태가 안 좋아져도 혼자 힘으로 대처해야 한다.

"요시오 씨가 결정한 일이니까요."

가이가 대답했다. 다른 방도가 없었는지도 모른다. 이야기를 들은 바로는 친척과도 사이가 소원해서 모든 것을, 장례식 준비까지도 혼자서 해야 한다니, 말이다.

"내일은 병원으로 돌아가실 예정입니다."

가이는 사정에 밝았다. 어머니가 같은 병동에 있었기

때문만이 아니라, 이전부터 요시오에 대해서 알고 있었
던 것 같은 말투다.

그렇게 느낀 것이 얼굴에 나타났는지, 가이가 가르쳐
주었다.

"고양이 식당의 단골손님이셨거든요."

식당과도 가까운 곳이니까, 이상할 것은 없었다. 이야
기에 나온 일주일에 한 번씩 외식을 하러 갔던 곳이 고
양이 식당이었던 모양이다.

"사모님이 돌아가시고부터는 식당에 오지 않으셨는
데, 어머니의 병문안을 갔다가 요시오 씨를 다시 만났습
니다."

그리고 추억 밥상을 부탁받았다고 한다.

인생은 어딘가에서 연결되어 있다.

남의 집에 찾아가기에는 늦은 시간이었지만, 밤에 와
달라고 한 것은 요시오의 부탁이었다. 낮 동안에는 업자
를 불러서, 뒷정리를 의뢰해야 한다고 했다.

"집은 부수고, 땅과 밭도 팔아버리기로 했다고 합니
다."

이것도 가이가 말해주었다. 요시오는 모든 흔적을 없애려 하고 있었다. 땅콩밭도, 추억이 깃들어 있는 집도 아무것도 없는 빈터로 만들 생각이었다.

"들어갈까요?"

가이가 다시 발걸음을 뗐다. 고토코도 발을 옮겼다. 땅콩밭 옆길을 지나 집으로 다가갔다.

"하지만 집에 불이……."

집 전체가 완전히 캄캄했고 쥐 죽은 듯 고요했다. 잠들어버렸을까, 아니면 아무도 없는 걸까? 몸 상태가 나빠져 병원에 돌아갔을지도 모른다.

고토코는 그렇게 생각했지만, 가이는 발을 멈추지 않았다.

"조명을 끄고 계시군요."

별일 아니라는 듯이 말했다. 조용한 것을 이상하게 생각하는 기색도 없었다. 그러더니 밤하늘을 바라보고 한마디 중얼거렸다.

"초승달이 옆으로 누워 있네요."

하늘을 바라보자 접시처럼 움푹한 모양의 상현달이 떠 있었다. 분명 아름답기는 했지만, 이 상황에서 너무 갑작스러운 말이었다.

되물어보려 했지만 가이는 이미 달이 아닌 집의 건너편을 보고 있다.

"툇마루에 계실 거라고 그러셨습니다."

고토코에게 그렇게 말하고는 다시 앞으로 걸어갔다. 하지만 현관으로 가는 것이 아니라, 그대로 텃밭으로 향했다. 익숙한 발걸음이었다. 지금까지 여러 번 방문한 적이 있는 모양이다.

도착한 곳은 예스러운 느낌의 넓은 뜰이었다. 감나무가 있고, 매실나무도 있었다. 화단처럼 식물이 심긴 곳도 있었는데 꽃은 없는 것 같았지만, 어지러진 느낌도 없었다.

그리고 사람 그림자가 하나, 툇마루에 앉아 있었다. 가까이 다가가자 뚜렷하게 보였다.

고목처럼 바싹 여위고, 얼굴빛도 창백한, 누가 보기에도 명백한 환자의 모습이다. 이 노인이 구라타 요시오였다. 가이에게서 이야기를 들었기 때문에 소개하기 전에도 알 수 있었다.

가이가 인사를 했다.

"안녕하세요."

"나나미 씨의 장례식에 못 가서 미안하게 됐네."

요시오는 인사를 건네지도 않고 갑자기 말했다. 쉰 목소리이기는 했지만, 신기하게도 알아듣기 어렵지 않았다.

"아니에요. 신경 쓰지 마십시오."

가이가 대답을 하고는 장례식 이야기를 피하려는 듯 다른 이야기를 꺼냈다.

"부엌을 좀 빌리겠습니다."

이제부터 요리를 할 생각인 것이다.

"그래, 마음대로 사용하게나."

"실례하겠습니다."

가이는 신발을 벗고 집 안으로 올라갔다. 안내를 구하지도 않고, 자기 집처럼 익숙하게 복도를 걸어갔다.

그런 가이를 멍하니 바라보고 있자니, 요시오가 말을 걸어왔다.

"아가씨는 같이 안 가나?"

고양이 식당의 직원이라고 생각하는 모양이다. 엄밀히 말하면 그건 아니지만, 여기까지 온 것은 가이의 힘이 되기 위해서이니 도와야 한다.

"잠시 실례해도 될까요?"

"물론이오."

"감사합니다. 그럼 들어가겠습니다."

신발을 벗고, 집으로 올라갔다. 복도는 차가웠다.

온 집안의 조명이 꺼져 있었지만, 툇마루의 문이 열려 있는 덕분에 달빛이 들어와 걷는 데 지장은 없었다. 달빛이 이렇게 밝은지 처음 알았다. 앞에서 걷고 있는 가이의 뒷모습이 뚜렷이 보일 정도다.

고토코가 따라잡기 전에 가이는 막다른 곳에 있는 방앞에서 멈췄다. 그리고 문을 열고 안으로 들어갔다.

불을 켜는 소리가 들리더니, 불빛이 펴져 나왔다. 문을 그냥 열어둔 것은 고토코가 오는 것을 기다리고 있어서일 것이다.

가이가 기다리는 방 안에 들어갔다. 그곳은 부엌이었다. 오래된 재래식 부엌.

작은 냉장고가 놓여 있을 뿐, 전자레인지도 전기포트도 없었다. 가스레인지는 있지만, 제법 세월의 흔적이 느껴졌다.

하지만 지저분하지는 않았다. 바닥도, 조리기구도 반짝반짝하게 닦여 있고, 쓰레기 하나 떨어져 있지 않다. 방금 청소를 끝낸 것처럼 깨끗했다.

"준비는 이미 다 해 두었습니다."

가이가 말했다. 한 번 미리 왔던 것이다. 짐을 들고 있지 않았던 이유를 이제 알았다. 식재료나 냄비도 다 가져다 두었고, 청소를 한 것도 가이일지 모른다.

"이제부터 밥을 지을 겁니다."

그렇게 말하더니, 질냄비를 가스레인지 위에 올렸다. 밥솥은 사용하지 않을 생각인가 보다. 질냄비는 이 집의 것인지, 가스레인지에 올린 것 외에도 여러 개가 보였다.

"뭘 만드실 건가요?"

"땅콩밥입니다."

그것이 요시오의 추억 밥상이었다.

땅콩은 콩과의 1년초로, 영어로는 '피넛'이라고 하고, 옛날에는 '낙화생落花生'이라 불리기도 했다. 세계적으로 널리 재배되고 있으며, 콩류 중에서는 대두의 뒤를 잇는 생산량을 자랑한다.

꽃이 피었다 진 뒤 씨방이 땅 속으로 파고들어 열매를 맺기 때문에, 중국에서 낙화생이라는 이름을 붙였다.

"여기 바로 앞에 있는 밭에서 수확한 땅콩입니다."

저장고에 껍질째로 보관되어 있던 땅콩을 꺼내면서 가이가 고토코에게 말했다. 땅콩에는 마른 흙이 묻어 있었다.

"땅콩은 수확할 때 손이 많이 갑니다."

가이가 그렇게 말하며 수확 방법을 가르쳐 주었다.

"땅에서 파낸 뒤, 세 포기에서 다섯 포기 정도를 묶어서 뿌리를 위로 향하게 두고 일주일 정도를 말립니다."

흙을 말리는 작업이다. 그렇게 하는 데는 물론 이유가 있다.

"그렇게 뒤집어 두면 잎 쪽으로 수분이 모여서, 열매가 빨리 건조된다고 합니다."

땅콩을 손에 들고 흔들어 봐서 달그락거리는 소리가 들리면, 다 말랐다는 증거다. 하지만 그걸로 끝이 아니다.

"그 뒤에 원통 모양으로 쌓아 올려서, 한 달에서 두 달 정도 바람을 쏘이면서 자연건조 시킵니다."

손이 많이 가고 시간도 걸리는 작업이다. 입원해 있

던 요시오에게 그런 작업이 가능했을 것 같지 않으니, 아마도 가이가 대신 했을 것이다. 그런 말은 하지 않은 채 가이가 말을 이었다.

"11월은 맛있는 햇땅콩이 나오는 시기입니다."

지금이 땅콩의 제철인 셈이다. 그래서인지 11월 11일이 땅콩의 날이라고 한다.

이야기를 하면서 가이는 계속 손을 움직였다. 도와드릴까요, 하고 말할 틈도 없이, 혼자서 땅콩의 껍데기를 다 벗겨버렸다. 유리 볼이 연분홍빛 땅콩으로 가득찼다.

"이제는 소금과 청주를 넣어 질냄비에 밥을 짓기만 하면 됩니다."

"불리지는 않나요?"

"네. 햅쌀이니까 괜찮습니다."

햅쌀은 수분을 많이 머금고 있어서 밥을 지을 때도 물을 적게 잡아야 맛있게 지을 수 있다.

"쌀에 포함된 수분을 활용해서 밥을 짓는 편이 불리는 것보다 맛있는 기분이에요."

채소나 고기나, 수분을 추가하면 맛이 떨어진다. 쌀도 예외는 아닐 것이다. 그렇게 납득하고 있는데 가이가 부탁을 했다.

"죄송하지만 선반에서 소금을 꺼내 주시겠습니까?"

"네."

가이가 가르쳐준 목제 선반을 열자, 도자기 단지가 몇 개 늘어서 있었다. 오래되었지만 모두 먼지 하나 앉아 있지 않다. 매실장아찌와 설탕 단지가 있었고 소금 단지도 금방 찾아냈다.

"이거면 될까요?"

"네. 맛있는 땅콩밥이 될 겁니다."

평상시와 같은 정중한 말투로 대답하며 고토코에게서 단지를 받아들었다. 손끝이 가이의 손에 닿았지만, 한순간뿐이었다. 아무 일 없는 것처럼 가이가 다시 요리를 시작했다.

"요리라고 할 정도로 어려운 것도 아닙니다."

그렇게 말하면서 질냄비에 쌀과 땅콩, 물을 넣고 소금과 청주를 더했다. 그리고 뚜껑을 닫고, 가스레인지에 불을 켰다.

"끓기까지는 시간이 좀 걸립니다."

이걸로 완성인 모양이다. 가이가 고토코의 얼굴을 보

왔다. 뭔가 말을 꺼내려는 걸까 생각했지만, 그는 아무 말도 하지 않았다. 시선을 돌려 조용히 부엌의 뒷정리를 시작했다. 고토코도 그것을 도왔다.

20분 정도 지났을까, 땅콩밥이 다 지어졌다.

쌀과 땅콩의 달콤한 냄새가 부엌에 가득 퍼졌다. 가이가 가스레인지의 불을 껐다. 하지만 바로 먹을 수는 없다.

"10분에서 15분 정도 뜸을 들입니다."

쌀에 증기를 흡수시켜 부드럽게 완성하기 위해서다. 그 15분은 금방 지나갔다.

"맛을 좀 봐주시겠습니까?"

가이가 땅콩밥을 그릇에 조금 덜어주었다. 볶은 땅콩은 먹어본 적이 있지만, 땅콩을 넣은 밥은 처음이다.

"잘 먹겠습니다."

그릇을 받아들고 땅콩밥을 입으로 가져갔다.

그 순간 땅콩의 향기가 입안에 퍼졌다. 씹어보니 파근파근하고 부드러웠다. 힘을 주지 않아도 쉽게 부스러졌다. 콩의 풍미와 단맛이 느껴졌다.

꼭꼭 씹어보았더니 이번에는 쌀의 맛이 느껴지면서 담백한 쌀의 감칠맛이 땅콩을 감쌌다. 소금과 청주가 단맛을 이끌어 내고 있다. 대지의 맛이다. 논과 밭이 눈앞에 보이는 것 같았다. 한입 먹었을 뿐인데, 행복한 기분이 들었다. 이것이 가이의 요리다. 사람을 행복하게 만들어준다. 쥐노래미 조림을 먹었을 때도 그렇게 생각했다.

"굉장히 맛있어요."

추억이 깃들어 있는 밭의 땅콩을 사용한 데다 이렇게 맛있다니, 분명 기적이 일어날 것이다. 만나고 싶은 사람과 만날 수 있을 것이라고 고토코는 확신했다.

"요시오 씨에게 가져다 드립시다."

가이가 질냄비와 밥그릇을 쟁반에 올렸다.

툇마루에는 요시오가 달을 올려다보고 있었다. 가까이 다가가는 요시오와 고토코를 눈치채지 못한 듯 가만히 초승달을 바라보고 있다. 멍하니 있는 것 같았지만, 그 눈은 진지했다.

가이가 그 모습을 보고 중얼거렸다.

"소원이라도 빌고 계신 걸까요?"

"네?"

"저렇게 옆으로 누운 초승달을 보고 소원을 빌면 이루어진다는 말이 있습니다. 들어본 적 없으신가요?"

옆으로 누운 초승달이라고, 아까도 같은 말을 중얼거렸다. 고토코는 그런 이야기가 전해지고 있는지는 몰랐다.

"예전에 읽은 소설에 그렇게 쓰여 있었어요. 옆으로 누운 초승달을 보며 소원을 빌면, 그릇에 물이 차오르듯이 소원이 이루어진다고요."

가이의 말을 듣고 요시오의 얼굴을 다시 보았지만. 노인의 표정에서는 아무것도 알 수 없었다.

"춥지 않으세요?"

가이가 요시오에게 말을 걸었다. 11월 치고는 따뜻한 날이었지만, 밤에는 쌀쌀하다. 병든 노인에게는 더욱 춥게 느껴질 것이다.

"방에 식사를 준비해 드릴까요?"

슬슬 집안으로 들어가는 편이 좋겠다고 생각한 모양이다. 고토코도 그렇게 생각했지만, 요시오는 고개를 저었다.

"괜찮네. 병실에 있을 때보다 기분이 좋아."

무릎에 담요를 덮고, 누비옷을 입을 요시오에게서는 그 자리에서 움직일 생각이 없다는 의지가 느껴졌다. 추억이 담긴 땅콩밭과 뜰을 보면서 추억 밥상을 먹고 싶다고 생각했는지도 모른다.

그 기분이 이해가 되어 가이도 강요하지 않았다. 쟁반을 내려놓고, 요시오에게 말했다.

"식사가 준비되었습니다. 땅콩밥입니다."

그릇에 밥을 덜어 담고, 툇마루에 놓았다. 밥그릇은 두 개였다.

"2인분입니다. 요시오 씨와 세쓰 씨를 위해서 만들었습니다."

세상을 떠난 요시오의 아내를 추모하기 위해 만든 것이었다.

가이가 만든 추억 밥상을 먹으면 죽은 사람이 나타나는 일이 있다. 진짜 죽은 사람인지, 환상을 보는 것뿐인지는 알 수 없지만, 고토코의 경우 오빠와 이야기를 나눌 수 있었다. 요시오도 그것을 바라고, 죽은 아내를 만나고 싶어서 추억 밥상을 주문했을 것이다.

하지만 요시오는 밥그릇에 손도 대지 않은 채, 추억 밥상을 먹으려 하지 않았다. 젓가락도 건드리지 않고, 밥 그릇 두 개를 바라만 보고 있었다.

"안 드실 건가요?"

조심스러운 말투로, 하지만 이상하다는 듯이 가이가 물었다. 그러자 요시오가 혈색 없는 얼굴로 가이 쪽을 바라보았다.

그 순간 고토코는 깨달았다. 아니, 간신히 알아챌 수 있었다. 요시오가 땅콩밥을 먹지 않는, 아니 먹지 못하는 이유를.

고토코가 말을 꺼낼 틈도 없이, 요시오가 그 이유를 말했다.

"미안하네. 모처럼 만들어 주었는데, 도저히 넘어갈 것 같지가 않아."

먹지 않는 것이 아니라, 먹을 수 없었던 것이다.

어째서 진작 눈치채지 못했을까?

고토코는 자신의 경솔함을 탓했다. 요시오는 전신에 암이 퍼진 상태로, 치료도 불가능해 호스피스 병동에 입원해 있던 몸이다.

어떤 상태인지를 정확히 알고 있었던 것은 아니지만, 집에 돌아가라는 허가를 받을 수 있을 정도로 안정된 상태라도, 땅콩밥을 먹을 수 있을 리가 없었다. 넘길 수가 없는 것도 당연하다.

요시오의 말을 듣고, 가이가 입술을 굳게 다물었다. 깨닫지 못했던 자신을 책망하고 있는 모양이다.

"먹지도 못할 거면서, 만들게 해서 미안하네."

다시 한번 요시오가 사과했다. 처음부터 먹지 못할 거라는 것을 알고 있었던 것이다. 그럼에도 불구하고 주문한 데는 이유가 있었다.

"하나는 아내, 세쓰를 위한 가게젠이지만, 또 하나는 날 위한 거야. 조금 이른 제삿밥이라고 생각하고 너그럽게 봐주게나."

"제삿밥이요?"

"그래. 내 장례식 대신이네. 내 생이 그리 오래 남지 않은 것은 나도 알고 있어."

고토코도 가이도 아무 말도 하지 못했다. 요시오는 혼잣몸으로, 장례식을 치러줄 친척도 없다.

"땅콩 냄새가 아주 좋네 그래. 세쓰의 얼굴이 보이는 것 같아. 이걸로 성불할 수 있겠어……. 두 사람 다 고맙네."

요시오가 가이에게 추억 밥상을 부탁한 것은 저세상에 있는 아내를 자신의 장례식에 부르고 싶었기 때문인지도 모른다.

만난 적도 없는 세쓰의 모습이, 고토코의 뇌리에 떠올랐다.

요시오의 옆에 앉아 있다.

두 사람이 나란히 매화나무를 보고 있다.

이제 곧 공터가 되어버릴 뜰을 바라보고 있다.

"여길 보는 것도 이걸로 마지막이야. 이 집과도 이제 작별을 해야지."

요시오의 목소리가 들렸다. 고토코는 일어서서 그 자리를 벗어났다.

"면목이 없네 그려."

요시오는 도망치듯이 복도를 걸어가는 고토코의 등을 향해 사과를 했다. 고양이 식당의 두 사람은 병 때문에 먹지 못한다고 생각하는 것 같았지만, 식사를 금지 당한 상태는 아니다. 의사에게 몸에 부담이 되지 않는 것이라면 먹는 편이 좋다는 말을 들었다.

처음에는 한 입만이라도 먹을 생각이었다. 하지만 땅콩밥을 본 순간, 가슴이 벅찼다. 앞으로 혼자서 살아간다한들, 의미가 없다는 생각이 든 것이다.

이미 충분하다, 그렇게 생각했다. 세쓰가 떠난 세계에서 혼자서 살아가는 것은 고통스러웠다. 지금 당장이라도 저세상으로 떠나고 싶었다.

세쓰가 떠난 날의 일은 지금도 뚜렷하게 기억하고 있다. 추운 겨울날이었다. 허리가 아프다고 세쓰가 말을 꺼냈다. 아프다는 말을 한 적이 거의 없는 아내가, 괴로운 얼굴을 하고 있었다.

나이를 먹으면 뼈가 약해진다. 골절이라도 되었을까 걱정한 요시오가 가까운 작은 개인병원에 데려갔다.

하지만 거기서는 진찰만 할 뿐 치료는 해주지 않았다.

"제대로 검사를 해보시는 것이 좋겠습니다."

의사가 심각한 얼굴로 말하더니 옆 마을에 있는 큰 병원으로 가라고 했고, 큰 병원에서 정밀검사를 받았다.

그날은 집으로 돌아왔지만, 그 다음주에 심각한 병에 걸렸다는 말을 들었다. 이미 수술도 하지 못할 정도로 아내의 몸은 병에 침식당해 있었다.

"안타깝습니다만."

그렇게 선고를 받은 순간, 눈앞이 캄캄해졌다. 일단 집에 돌아가기로 했지만, 어떻게 돌아갔는지도 기억이 나지 않았다. 단지 세쓰가 한 말은 기억하고 있다.

"결국 이런 날이 오고야 말았네요."

이미 각오를 하고 있었던 모양이다. 요시오가 아무 말이 없자, 다시 말을 이었다.

"여보, 미안해요. 아무래도 조금 더 신세를 져야 할 것 같아요."

포기하면 안 돼.

사과하지 말아줘.

조금만 더 라고 말하지 마.

그렇게 말하고 싶었지만, 말이 나오지 않았다. 세쓰를 돕고 싶었지만 할 수 있는 일이 아무것도 없었다. 그리고 병은 천천히 절망적으로 진행되었다.

한동안 입원과 퇴원을 반복한 끝에 세쓰는 호스피스

병동에 들어갔다. 치료가 아니라 고통을 완화시키는 것을 목적으로 하는 병동이다.

"아프지 않은 건 참 고마운 일이네요."

세쓰가 문득 이렇게 중얼거렸다. 요시오는 역시 아무 말도 할 수 없었다. 격려의 말조차 떠오르지 않았다.

"어제는 즐거웠어요. 고마워요, 여보."

호스피스 병동에 들어가기 전에 이 근처를 둘러보고 싶다고 세쓰가 말을 꺼냈다. 요시오는 고개를 끄덕이고, 아내를 데리고 외출했다. 마지막 산책, 아니 마지막 데이트다.

마더 목장*에 가서 둘이서 달콤하고 시원한 소프트 아이스크림을 먹었다. 소풍을 온 아이들이 주위를 뛰어다녔다.

그리고 히토미 신사**를 찾았다. 이 마을의 수호신을 모신 곳이다. 높은 건물 위에서 시가지를 한눈에 바라볼

---

* 지바현 훗쓰시에 있는 목장 테마파크. 놀이공원과 농장이 함께 있어 양과 염소 등의 동물을 가까이에서 만져볼 수 있고 치즈와 버터 만들기, 농산물 수확 등 다양한 체험 프로그램을 경험할 수 있다.

** 지바현 기미쓰시에 있는 신사. 그 지역 수호신을 모신 신사로, 서기 970년부터의 오랜 역사를 자랑한다.

수 있었다. 신사 앞에서 요시오는 손을 모아 기도했다.

세쓰가 힘들어하지 않기를.

소리 내지 않고 수호신에게 빌었다. 달리 바랄 것이 떠오르지 않았다. 사실은 세쓰가 건강해지기를 빌고 싶었지만, 불가능한 바람이라는 것을 알고 있었다. 단지 아내가 더 이상 아프지 않기만을 바랐다.

그 다음날, 병원에 가기로 한 날에는 아침 일찍 일어나 세쓰와 가노잔*에 갔다. 거기에서 볼 수 있는 구주구타니의 운해를 보기 위해서였다.

택시를 타고 해가 뜨기 전에 가노잔에 도착했다. 날이 밝기 시작하자 구름이 태양빛으로 물들었다. 한 폭의 수묵화같이 아름다운 풍경이었다. 마치 구름 위에 있는 것 같았다.

"천국이 이런 느낌일까요?"

세쓰는 말했다. 요시오는 대답할 수가 없었다. 세쓰도

* 지바현 기미쓰시에 있는 해발 379미터의 산. 산 정상에서 구주구타니 쪽을 바라볼 수 있도록 전망공원이 정비되어 있다. 겹겹이 보이는 산의 능선과 운해가 아름답기로 유명하며, 일출의 명소이기도 하다.

대답을 기대하지는 않았던 모양이다. 조용히 운해를 바라보고 있을 뿐이다. 그대로 몇 분인가 몇십 분인가가 흘렀다.

"이제 슬슬 가야겠어요."

세쓰가 말했다. 두 사람의 시간은 끝났다. 집에 들르지 않고, 바로 병원으로 향했다. 살아서 퇴원하지 못할 마지막 입원이었다.

요시오는 부지런히 병원을 찾아갔다. 매일 아침부터 병문안을 갔다. 요시오는 여전히 말이 없어서, 아내만 조잘조잘 이야기를 했다. 인생이 끝나가려 하는 것을 알면서도, 세쓰는 우는 소리 한 번 하는 법이 없었다. 괴로울 텐데, 아플 텐데, 무서울 텐데도 약한 소리는 하지 않았다.

오히려 요시오에게 웃어 보였다.

나만 이렇게 간병을 받아서, 미안해요.
내가 당신을 돌봐줘야 하는데, 미안해요.
하지만 마지막까지 당신과 함께 있어서 정말 행복해요.
강한 진통제를 처방 받은 탓에, 아내의 말은 항상 흐지 부지 끝났고, 눈을 뜨고 있는 시간이 나날이 줄어들었다.

요시오는 세쓰의 잠든 얼굴을 계속 바라보았다. 남은 시간을 그러모아 아내와 함께 보냈다.

말할 수 없어도 좋았다. 잠들어 있어도 상관없었다. 함께 있는 것만으로도 만족했다. 세쓰가 죽지 않게 해주세요, 라고 신에게 빌었다. 이대로 시간이 멈춰버리기를 바랐다.

그러나 신은 소원을 들어주지 않았고, 시간은 멈추지 않았다. 결국 그 순간이 찾아왔다.

마지막 말은 뚜렷이 기억하고 있다. 3일간 혼수상태에 빠져 있다 잠시 의식을 찾았던 때였다.

"여보, 있잖아요."

평소와 다르지 않은 목소리로 요시오를 부르더니, 세쓰는 말했다. 부탁이 있어요, 라고.

내가 죽으면 혼자가 되어 버리지만, 너무 낙담하지 말았으면 좋겠어요.

내가 죽는 것을 슬퍼하지 않았으면 좋겠어요.

기운을 내서, 당신이 좋아하는 음식을 먹고, 당신이

좋아하는 일을 하면서, 내 몫까지 즐겁게 살았으면 좋겠
어요.

내 무덤에 찾아오지 않아도 돼요.

향도 피울 필요 없어요.

당신과 함께 살 수 있어서 정말 행복했어요.

지금도 행복해요…….

세쓰는 작게 미소 짓더니 천천히 눈을 감았다. 그리
고 다시는 눈을 뜨지 않았다.

정해진 순서에 따라 의사가 맥박을 짚어보고, 심박을
확인하고, 동공에 빛을 비췄다. 그러고서 요시오에게 고
개를 숙였다.

"사망하셨습니다."

임종을 고하는 목소리가 요시오의 귀를 스쳐 지나갔
다. 의사에게 그동안 고생하셨다고 인사도 건네지 못하
고, 요시오는 울었다. 의사와 간호사가 병실에서 나간 뒤
에도 소리 내어 울었다. 눈물과 오열이 멈추지 않았다.

아내와의 추억이 주마등처럼 스쳐 지나갔다. 오래된
영상을 보고 있는 것처럼, 둘이서 보낸 날들이 머릿속에

떠올랐다.

벌써 50년이나 지난 일이다. 세쓰와는 지인의 소개로 만났다. 맞선 비슷한 자리였다.

그때 요시오는 새로 지은 감색 양복을 입고 있었다. 이발도 하고, 한껏 멋있어 보이려고 애를 썼다.

세쓰는 꽃무늬 원피스를 입고 수줍은 얼굴로 앉아 있었다. 그 모습이 아름다워서 눈을 뗄 수가 없었다. 첫눈에 반했다. 사진을 봤을 때부터 요시오는 세쓰가 마음에 들었다.

있는 용기를 모두 쥐어짜 그 자리에서 교제를 신청했다.

"다시 만날 수 있을까요?"

겨우 그 말 한 마디를 하는데도, 목소리가 쉬어 버렸다.

"……네에."

세쓰는 작은 목소리로 승낙했다. 볼이 붉게 물들어 있었다. 그 모습마저도 아름답다고 생각했다.

그렇게 몇 번을 만났다. 식사를 하고 산책을 하는 정도의 데이트였지만. 세쓰와 함께 있는 것만으로도 가슴이 뛰었다. 계속 함께 있고 싶다고 생각했다. 만날 때마다 그 기분은 커져만 갔다.

달이 아름다운 어느 날 밤이었다. 도쿄만 관음*을 보러 갔다가 돌아오는 길에, 고이토가와 옆길을 걸으면서 자신의 마음을 전달하기로 했다.

주위에는 아무도 없다. 어두운 강 표면에 달이 비쳐 보였다. 접시처럼 옆으로 누운 초승달이 하늘에 떠 있었다.

요시오는 접시 모양의 달을 바라보면서 소리 내지 않고 소원을 빌었다. 꼭 성공하기를, 앞으로도 계속 함께 있을 수 있기를. 그리고 나서 세쓰에게 말했다.

"저와 결혼해 주시겠습니까?"

멋없는 대사였지만, 진심을 담은 일생일대의 프로포즈였다.

세쓰는 바로 대답을 하지는 않았다. 몇 초 정도 말없이 있다가, 웃음을 터뜨렸다.

---

* 지바현 훗쓰시에 있는 높이 56미터의 대형 관음상. 오오쓰보야마 정상에 도쿄만을 향해 서 있다. 1961년에 평화 기원과 전사자 추모를 위해 세워졌다.

그 순간 눈앞이 캄캄해졌다.

역시 실패였나. 그렇게 생각했다.

요시오는 까무잡잡한 얼굴에, 눈은 가늘고 코도 낮아 미남 스타일은 아니었다. 그런 남자가 아름답고 젊은 세쓰에게 프로포즈를 한 것이다. 웃어넘겨도 어쩔 수 없다.

요시오의 생각을 뒷받침하듯이, 세쓰가 사과를 했다.

"미안해요."

완전히 차였다고 생각했다. 요시오는 낙담해서 입술을 깨물었지만, 세쓰의 말은 아직 끝나지 않았다.

고맙습니다.

저를 좋아해 주어서, 정말 고마워요.

너무 행복해서 웃음이 나와 버렸어요.

당신과 함께라면 앞으로도 계속 웃으면서 살 수 있을 것 같아요.

나도 당신을, 요시오 씨를 좋아해요.

당신의 아내로 삼아주세요.

저와 부부가 되어주세요.

그것은 프로포즈에 대한 답이었다. 달빛이 눈에 들어

와, 눈물이 고였다.

감격한 나머지 할 말을 잊고 있었더니, 세쓰가 얼굴을 들여다보며 물어왔다.

"……안 될까요?"

요시오의 답을 기다리고 있는 것이다. 당황해서 대답했다.

"네! 아니, 안 된다는 게 아니라, 그러니까, 결혼해 주십시오!"

그 말이 우스웠던 모양이다. 세쓰는 다시 웃음을 터뜨리더니, 요시오의 손을 잡고 꼭 쥐었다.

그때부터 두 사람은 부부가 되었다. 접시 모양의 초승달이 요시오의 소원을 들어준 것이다.

그 세쓰가 이 세상에 없다.

요시오만 남겨두고 저세상으로 가 버렸다.

이제 다음은 내 차례다.

화장장에서 세쓰의 뼈를 모으며 그렇게 생각했다. 부모가 죽고, 세쓰가 죽고, 이제 요시오밖에 남지 않았다. 죽음은 누구에게나 언젠가는 찾아오고, 운명은 돌고 돈다.

그 생각은 틀리지 않았다. 요시오에게도 그 순서가 돌아왔다. 요시오도 병에 걸렸다. 그것도 아내와 같은 병으로, 남은 시간이 길지 않다고 한다. 치료하기에는 늦었다는 말을 들었다. 그것마저 똑같았다.

사실은 이 집에서 죽고 싶었지만, 억지를 부릴 수는 없다. 집을 더럽히고 싶지도 않았고, 남에게 시체를 수습하게 하고 싶지도 않았다.

"병원에서 죽는 것도 나쁘지 않아."

스스로를 타이르듯이 중얼거린 말은, 요시오의 본심이었다. 요시오의 부모도, 세쓰도 그 병원에서 숨을 거뒀다. 요시오가 태어난 것도 그 병원이었다.

"집이나 다름없지……."

그러니까 병원으로 돌아가 수명이 다하기를 조용히 기다리자고 생각했다.

다시는 이 집에 돌아올 일이 없을 거라는 걸 알았으니까, 땅도 밭도 처분하기로 결정했다. 그 돈은 절에 맡기기로 하고 죽은 뒤의 일도 부탁했다. 부모와 세쓰의 유골 옆에 자신의 유골을 나란히 놓아 달라고 한 것이다.

이제 아무런 미련도 없어.

그렇게 말하고 싶었지만, 딱 하나 마음에 걸리는 것이 있었다. 세쓰에 대해서다. 세쓰에게 아무래도 묻고 싶은 것이 있었다.

요시오는 한숨을 쉬고, 현재로 돌아왔다. 약 때문인지, 때때로 의식이 끊기고, 옛 추억에 잠겨 있는 시간이 늘어났다. 손님이 있는 것도 잊고, 세쓰에 대해서 생각하고 말았다.

그런 요시오의 옆에 가이가 서 있었다. 눈앞의 땅콩밥은 다 식어버려 더 이상 김이 올라오지 않는다.

제철 땅콩을 넣어 지은 밥은 식어도 맛있지만, 역시 먹을 생각은 들지 않았다. 밤도 깊었다. 젊은이 두 사람을 계속 붙들어 놓을 이유가 없다.

"오늘은 미안하게 됐네."

다시 한 번 사과했다. 이제 돌려보내야겠다고 생각한 것이다.

그때였다. 발걸음 소리가 다가왔다. 여자의 가벼운 발소리였다. 한순간 세쓰가 나타났나 생각했지만, 아니었다.

가이와 함께 온 젊은 여성, 고토코가 질냄비를 들고

있었다. 쟁반에 받친 질냄비에서 모락모락 김이 피어올랐다. 새로운 요리를 만들어 온 모양이다.

놀란 것은 요시오만이 아니었다. 가이가 물어왔다.

"니키 씨, 그건……?"

"제멋대로 행동해서 죄송해요. 요시오 씨가 좀 드셨으면 해서요."

도저히 넘어갈 것 같지 않다고 말했는데, 음식을 강요할 생각인 것이다. 요시오는 불쾌한 기분이 들었다. 이제 와서, 억지로 먹을 생각은 없었다.

"아까도 말했지만……."

그렇게 말을 꺼내는데, 어떤 냄새가 느껴졌다. 짭조름하면서 새콤한 냄새가 요시오의 코에 닿았다.

"이, 이건 혹시……?"

물어보자 고토코가 미안한 얼굴을 했다.

"매실장아찌를 넣은 죽이에요."

그렇게 대답하고 고개를 숙였다.

"죄송합니다. 선반에 있던 매실장아찌를 멋대로 꺼내 썼어요."

고토코가 사용한 것은 추억이 담긴 매실장아찌였다.

"매실장아찌는 몸에 좋거든요."

세쓰는 입버릇처럼 이렇게 말했다. "하루에 매실 한 알을 먹으면 의사가 필요없다"는 옛말도 있지만, 실제로 매실장아찌를 보기만 해도 침이 고이는데, 그 침 속에는 발암물질의 독성을 억제하는 효과가 있다고 한다.

"매일 먹는 게 좋아요."

세쓰는 그렇게 믿고 있었다.

고토코가 사용한 매실장아찌는 세쓰가 살아 있을 때 담근 것이었다. 마당의 매실나무에 달린 매실을 따서 담갔다. 소금만 넣어서 하얗게 담근 것이다. 매실장아찌는 상온에 보관해도 상하지 않는다. 20년 묵은 매실장아찌를 팔고 있을 정도니까.

가다랭이포 매실 무침.

잔멸치와 매실을 넣어 지은 밥.

돼지고기 매실 차조기 말이.

전부 다 맛있었다. 세쓰는 요리 솜씨가 좋아서, 양식을 좋아하는 요시오를 위해서 멋진 요리를 만들어준 적도 많다.

차조기와 참치, 매실장아찌를 넣은 스파게티.

매실장아찌와 치즈 피자 토스트.

으깬 매실장아찌에 청주와 설탕을 넣고 조려서, 바삭바삭하게 구워낸 토스트에 올려서 먹은 적도 있다.

"이 잼 정말 맛있는데."

요시오가 말하자 세쓰는 흐뭇하게 웃었다.

"잼이 아니라 우메비시오*라고 해요. 아주 옛날부터 있던 음식이랍니다."

에도 시대** 때부터 있었던 음식이라고 한다. 요시오가 감탄하자 세쓰는 다시 웃었다.

먹는 것은 살아간다는 것.

살아가는 것은 먹는다는 것.

매실장아찌에는 많은 추억이 담겨 있다. 매실장아찌를 넣은 죽도, 세쓰가 만들어 주었던 요리 중 하나였다. 요시오는 감기에 잘 걸려서, 겨울이 되면 자주 앓아눕곤 했다. 그때마다 매실장아찌를 넣은 죽을 만들어 주었다.

---

* 매실장아찌의 과육을 으깨서 설탕과 섞어 조려낸 음식. 잼처럼 빵에 바르거나 요거트에 섞어 먹기도 하고, 음식에 양념으로 첨가하기도 한다.

** 17세기 초 도쿠가와 이에야스가 에도(현 도쿄)를 본거지로 창설한 에도 막부가 일본을 통치하던 시대. 1603년부터 1867년까지 265년 동안 이어졌다.

"이걸 먹으면 금방 나을 거예요."

식욕이 없어도 세쓰가 만든 매실장아찌 죽만은 먹을 수 있었다. 정말 감기도 금방 나았다.

"덜어 드리겠습니다."

그렇게 말한 것은 가이였다. 그때까지 아무 말 없이 있던 가이가 고토코에게서 냄비를 받아들고 뚜껑을 열었다.

김이 모락모락 피어오르며 매실장아찌의 새콤한 냄새가 한층 짙어져 달콤한 죽의 온기와 함께 코에 와 닿았다. 메말라 있던 입속에 침이 고여 절로 입맛이 다셔졌다.

"드셔 보세요."

가이가 죽을 덜어주었다. 하얀 쌀에 매실장아찌의 과육이 점점이 흩어져 있다. 쌀도 매실장아찌도 아름다웠다.

"그래…… . 미안하네 그려…… ."

중얼거리듯 말하며 따뜻한 그릇을 받아 들었다. 매실장아찌의 산미에 이끌리듯이 숟가락으로 죽을 떠서 입으로 가져갔다.

뜨거웠다. 하지만 화상을 입을 정도는 아니다. 기분 좋은 열기로 입속이 따뜻해졌다.

죽은 부드러워서, 요시오도 씹어 삼킬 수 있었다. 씹을 때마다 매실의 산미와 쌀의 단맛이 입 안에 가득 퍼졌다.

그리고 준비된 것은 요시오의 몫만이 아니었다. 옆을 보자 방석이 놓여 있고, 매실죽이 그릇에 덜어져 있었다. 세쓰의 몫이라는 걸 알았다. 먹는 데 정신이 팔려서 눈치채지 못했지만, 가이와 고토코가 준비해준 모양이다.

추억 밥상.

매실장아찌 죽이 바로 그것이었다. 요시오는 죽 한 그릇을 모두 비웠다. 맛있었다. 이렇게 여러 가지로 신세를 지다니…….

"정말 고맙네……."

응? 목소리가 이상하다. 묘하게 울려서 들린다. 목이 이상해진 걸까 싶어 헛기침을 해보았지만, 그 기침소리마저도 울려서 소리가 났다. 몸이 안 좋을 때와는 다른 느낌이었다.

옆을 보자 가이와 고토코의 모습이 보이지 않았다.

어디로 간 것일까 하고 이리저리 둘러보다가, 이변을 눈치챘다. 뜰에도 복도에도 안개가 가득 끼어 있었던 것이다. 짙은 안개다. 게다가 밤인데도 어째서인지 아침 안개 같은 느낌이었다. 또 온통 새하얀 와중에 하늘의 달과 뜰의 매실나무만이 뚜렷하게 보였다.

"이게 대체 무슨 일이람⋯⋯."

당황해서 중얼거리고 있는데 동물의 울음소리가 들려왔다.

왜옹, 왜옹

"괭이갈매기? 설마."

이 집은 바다에서 떨어져 있어서, 지금까지 괭이갈매기를 본 적이 없었다.

하지만 울음소리가 들리니까, 이 근처에 있다는 뜻일 것이다. 괭이갈매기를 찾아보려고 그쪽으로 시선을 향하자, 뜰 저편에 고양이 한 마리가 앉아 있었다. 흰 바탕에 줄무늬가 있는 작은 고양이가 요시오를 보고 울었다.

"냐옹."

그 울음소리는 들은 기억이 있다. 얼굴 생김새나 무늬도 눈에 익었다.

"미미?"

고양이의 이름이 요시오의 입에서 흘러나왔다. 세쓰가 건강했던 시절에 키우던 고양이다. 태풍이 불던 밤, 작은 고양이가 비를 맞아 흠뻑 젖어서는 현관 앞에서 울고 있었다.

불쌍하기도 해라.

세쓰의 한마디에 그 고양이는 구라타 집안의 식구가 되었다. 미미라고 이름을 붙인 것도 아내였다. 귀가 컸기 때문이다.* 세쓰는 미미를 마치 자식이나 손자처럼 귀여워했다.

하지만 고양이는 수명이 짧아 금세 인간을 추월하고 만다. 미미는 세쓰의 병이 발견되기 반년 전에 죽고 말았다.

그 미미가 나타났다. 그리고 기적은 그뿐이 아니었다. 믿기지 않는 일이 일어난 것이다.

"여보."

누군가가 말을 걸었다. 잊을 수 없는 목소리다. 게다

---

* 일본어로 귀를 '미미'라고 한다.

가 그 목소리는 요시오의 바로 옆, 추억 밥상이 차려진 근처에서 들려왔다.

당황해서 목소리가 들리는 쪽을 보았다.

세쓰가 툇마루의 옆자리에 앉아 있었다.

죽은 아내가, 요시오의 앞에 나타난 것이다.

입원하기 전 아내의 모습이었다. 머리카락은 하얬지만, 얼굴이 여위지 않아서 복스러워 보였다.

요시오는 놀랐지만 눈앞에서 일어나는 일을 순순히 받아들였다. 자신을 데리러 온 것이라고 생각한 것이다. 빨리 저세상에 가고 싶다는 소원이 이루어졌다고 생각했다.

"그런 거 아니에요. 앞서가지 말아요."

요시오의 생각이 보이는지, 세쓰는 고개를 저었다. 잘못을 나무라는 듯한 말투였다.

"데리러 온 게 아니에요. 당신의 수명은 아직 남아 있으니까요."

"……그런가."

요시오의 어깨가 축 처졌다. 역시 이 집에서는 죽을

수 없는 모양이다.

그러나 실망이 오래가지는 않았다. 요시오는 인생이 마음대로 되지 않는다는 것을 알고 있으니까.

세쓰와 만난 것만으로도 좋았고, 또 하고 싶은 말도 있었다.

저세상에서도 함께 있고 싶소. 만약 다음 생이라는 것이 있다면, 그때도 나의 아내가 되어주었으면 좋겠소. 그렇게 말하고 싶었다.

사실은 세쓰가 살아 있는 동안에 하고 싶었던 말이다. 병원에서 몇 번이나 말하려고 했지만, 결국 건네지 못한 채 그렇게 보내고 말았다. 쑥스러워서였기도 하지만, 말할 수 없었던 데에는 다른 이유가 있었다.

요시오 부부에게는 아이가 없다. 계속 아이가 생기지 않았다. 요시오 탓이다. 어려서 고열을 앓는 바람에 아이를 만들 수 없는 몸이 되어 버렸다. 의사에게도 그렇게 들었다.

요시오 자신은 아이가 없는 삶을 쓸쓸하다고 생각한 적이 없지만, 아내는 아이를 원하지 않았을까?

세쓰는 아이들을 좋아해서, 공원이나 마트에서 아이

를 발견하면 방긋 웃어주곤 했다. 신문에 끼워져 배달된 아동복 광고지를 보고 있던 적도 있었다. 요시오는 그럴 때마다 아내에게 말을 걸 수조차 없었다.

다음 생에도 함께 있고 싶지만, 다시 아이가 생기지 않는다면 미안한 일이다. 아내를 또 쓸쓸하게 만들어 버릴지도 모른다. 그렇게 생각하자 말을 꺼낼 수가 없었다.

요시오는 세쓰를 사랑하고 있고, 세쓰가 행복하기를 바란다.

그렇기 때문에 사랑한다는 말을 하지 못했다. 만나지 않는 게 나았을지도 모른다. 프로포즈를 하지 말 걸 그랬다고 생각했던 밤도 있었다.

그런 생각이 되살아나 요시오는 망설였다. 자신 때문에 세쓰가 불행해진다고 생각하니 도저히 견딜 수가 없었다. 어김없이 몰려오는 슬픔에 얼굴을 들 수가 없다. 밤은 이렇게 사람을 슬픈 생각을 하게 만든다.

얼굴을 들지 못하고 고개를 숙인 채 발밑을 보고 있자니, 어쩐지 안개가 옅어져 있었다. 당당하지 못한 요시오에게 실망해서 세쓰가 저세상으로 돌아가려 하는 것일지도 모른다.

그런데 그때, 고양이가 울었다. 미미의 울음소리다.

"냐아."

무언가를 알려주는 듯한 울음소리였다. 길고양이였기 때문에 사람의 기척에 민감해서, 누군가가 왔을 때 이런 식으로 울곤 했다.

그 무렵의 일을 떠올리고 애틋한 기분이 들었지만, 슬픔은 사라지지 않았다. 요시오가 얼굴을 들지 못하고 있자, 세쓰도 아닌, 고토코도 아닌 어떤 여성의 목소리가 말을 걸어왔다.

식기 전에 드세요.

깜짝 놀라 고개를 들었다. 이 목소리도 들은 기억이 있다. 틀림없다. 들려온 것은 세상을 떠난 가이의 어머니, 나나미의 목소리였다.

안개가 다시 짙어졌다. 목소리는 들렸지만, 모습은 보이지 않는다. 하지만 이 안개 저편에 나나미가 있을 거라는 생각이 들었다.

그 모습을 찾아보려고 눈을 부릅뜨고 있는데, 다시 목소리가 들려왔다.

식어 버려요.

그 순간 떠오른 것이 있다. 고양이 식당에 관한 소문이다. 죽은 사람이 나타나기는 하지만, 계속 있을 수 있는 것은 아니라고 한다.

소중한 사람과 만날 수 있는 것은 추억 밥상이 식기 전까지만이므로, 식어서 김이 나지 않게 되면 사라진다는 것이다.

시간은 제한되어 있다. 모든 것에는 끝이 찾아오기 마련이다. 사람의 인생은 덧없는 것이니 마지막에 와서 미련을 남기고 싶지 않았다. 저제상이 있다고 해도, 세쓰와 같은 곳에 갈 수 있을지는 모르는 일이다.

하지만 망설임은 사라지지 않았다. 그 정도로 아이가 생기지 않는 것을 마음에 두고 있었던 것이다.

그러자 나나미의 목소리가 다시 말했다.

세쓰 씨도 기다리고 있는 게 아닐까요?

세쓰가 기다리고 있다고?

이런 나의 말을 기다린다는 건가?

믿어지지 않았지만, 믿고 싶었다. 조심스럽게 세쓰의 얼굴을 바라보자, 상냥하게 미소 짓고 있었다. 정떨어진 표정은 아니었다. 요시오를 기다리고 있는 것처럼 보였다. 요시오는 마음을 굳게 먹고 입을 열었다.

"저쪽 세상에서도, 함께 있어 주구려."

그것이 하고 싶은 말이었다. 두 번째 프로포즈다. 첫사랑 상대도, 인생의 마지막 사랑도 세쓰였다. 항상 사랑했다. 저세상으로 간 지금도, 세쓰를 사랑하고 있다.

요시오가 말을 꺼낸 순간, 소리가 사라졌다. 나나미의 목소리도, 미미의 울음소리도 들리지 않았다. 안개 같은 무거운 침묵이었다.

그러나 그 침묵은 금방 깨졌다. 세쓰가 입을 열었다.

"지금 무슨 말을 하시는 거예요."

평온한 목소리였지만, 요시오를 꾸짖는 것 같기도 했다. 남편을 향해서, 아내가 말을 이었다.

"부부의 인연은 끊을 수 없는 거니까, 저세상에서도, 다음 생에서도 부부가 되는 것이 당연하잖아요."

"그러면……."

"당연히 그래야죠."

세쓰는 고개를 끄덕이고는 이렇게 말했다.

"저도 당신에게 하고 싶은 말이 있어요."

당신과 함께 살 수 있어서 행복했어요.

계속 웃으며 살 수 있었어요.

정말 고마워요.

나를 사랑해줘서 고마워요.

이런 나에게 결혼하자고 해줘서 고마워요.

한 번 더 부부가 되자고 말해줘서 고마워요.

나도 당신을 사랑해요.

요시오 씨를 정말로 사랑합니다.

나의 남편은 당신뿐이에요.

세쓰가 이름을 불러주었다.

요시오 씨라고 불러주었다.

프로포즈를 승낙해 주었다.

사랑한다고, 정말로 사랑한다고 말해주었다.

요시오의 눈에서 눈물이 흘렀다. 대답을 하려고 했지만, 말이 나오지 않았다. 그저 행복하다고 생각했다. 정말 행복했다. 세쓰와 만나서, 정말 다행이었다. 세쓰를 사랑하게 되어서 정말 다행이었다.

매실장아찌 죽이 식었다. 세쓰는 작별인사도 없이 사라졌다. 요시오를 두고, 저세상으로 가 버렸다.

하지만 슬프지 않았다. 죽은 뒤에도 세쓰와 부부가 될 수 있다는 걸 알았기 때문이다. 두 번째 프로포즈를 승낙하며 세쓰가 남긴 말이, 귀에 남아 있었다.

요시오는 자신의 뺨을 만졌다. 울고 있었는데 조금도 젖지 않았다. 어느새 안개도 걷혔다. 뜰을 바라보자 미미도 사라졌고, 나나미의 목소리도 들리지 않는다. 그 대신, 가이와 고토코가 옆에 있었다.

"따뜻한 차를 좀 드시지요."

가이가 차를 끓여주었다. 좋은 향기가 김과 함께 피어올랐다. 아무 일도 없었던 것처럼, 시간이 흘러간다.

꿈을 꾼 것일까?

찻잔에서 솟아오르는 김을 보면서 요시오는 그런 생각을 했다. 세쓰가 앉아 있던 방석은 앉은 흔적도 없었다. 아무런 자취도 남아 있지 않았다.

고개를 갸웃거리는데 고토코가 모포를 어깨에 걸쳐주었다. 그리고 "날씨가 추워졌어요" 하고 조심스레 말했다.

"고맙네."

인사를 건넸을 때 그 목소리가 다시 들려왔다.

"젊은 사람들이 이렇게 친절하다니, 당신 행복하겠어요."

세쓰의 목소리였다. 하지만 주위를 둘러봐도 세쓰는 어디에도 보이지 않았다. 잘못 들었나 생각한 다음 순간, 세쓰의 목소리가 다시 말했다.

"꿈이라면 어떻고, 잘못 들은 거면 또 어때요."

그건 그렇네.

그렇게 생각했다. 꿈이든 잘못 들은 거든, 세쓰와 이야기를 나눌 수 있었으니까 행복하다. 요시오는 더 바랄게 없었다.

자신도 이제 곧 세상을 떠날 것이다. 길어야 3개월에

서 반년 남짓일 것이다. 하지만 이제 죽고 싶다는 생각은
들지 않았다.

저세상에서 세쓰를 만나면, 혼자서 산 날들에 대해서
이야기해야겠다고 생각했다.

오늘의 일, 내일의 일, 모레의 일.

살아 있는 한, 이 세상에서 있었던 일을 가슴에 새겨
서, 저세상의 아내에게 선물로 가져가도록 하자. 세쓰는
이 세상을 사랑했으니까, 분명 자신이 떠난 뒤에 있었던
이야기들을 듣고 싶어 할 것이니 말해주는 것이 남편의
의무다. 요시오 자신도 아내에게 이야기해주고 싶었다.

요시오는 말주변이 없어서, 말을 술술 잘하지는 못한
다. 말문이 막힐 때도 많다. 그러나 세쓰는 내 이야기를
귀 기울여 들어줄 것이다. 저세상에서는 아마 시간도 넉
넉할 테니 느긋하게 이야기하면 된다. 이번에야말로 아
무런 미련도 남지 않았다.

이건 모두 추억 밥상 덕분이다. 그리고 두 젊은이들
덕분이다. 마지막으로 감사 인사를 남기자고 생각하며
요시오는 가이와 고토코에게 말했다.

"세쓰가 담근 매실장아찌를 받아주지 않겠나?"

두 사람이 먹어주었으면 좋겠다는 생각이 들었다. 가능하다면 고양이 식당에서 사용해 주었으면 했다.

"이렇게 귀한 걸 어떻게……."

가이가 사양했다. 옛날부터 배려심 있고 상냥한 아이였다. 아버지가 행방불명 된 뒤, 대학에도 가지 않고 어머니를 도왔다.

어머니가 입원하고부터는 매일 병문안을 왔다. 그에게도 어머니의 죽음은 충격이었을 것이다. 하지만 가이를 위로하는 것은 요시오 같은 늙은이의 역할은 아니다.

"내일 병원으로 돌아가면 이 집에는 이제 돌아오지 못할 걸세. 여기에 남겨두어도 버려질 뿐이니까 말이야."

집을 부수고 땅을 처분하기로 이미 얘기가 되어 있다. 남은 물건은 모두 버려 달라고 말했다. 미련을 남기지 않기 위해서다.

"병원에 가져가시는 편이 좋지 않을까요?"

가이가 말했다. 어머니가 입원해 있던 만큼, 호스피스 병동의 규칙을 잘 알고 있었다.

호스피스 병동에서는 병을 치료하는 것이 아니라 통증과 고통을 줄여주는 것을 우선한다. 보통 병실에 비하

면 융통성이 있어서, 건강에 크게 지장이 없는 한 먹고
싶은 음식을 먹을 수 있었다. 의사에게 부탁하면 매실장
아찌를 가져갈 수 있게 허가해 줄지도 모른다.

하지만 요시오는 가져갈 생각이 없었다. 병원에서는
매실장아찌를 먹어도 세쓰가 나타나지 않을 테니까.

"둘이 받아주면 좋겠네."

자신이 가지고 있기보다는 이 젊은이들에게 주는 쪽
을 세쓰가 더 기뻐할 것 같았다.

"그럼 사양하지 않고 감사히 받겠습니다."

가이가 이렇게 말하자 고토코가 당황하며 고개를 숙
였다.

"정말 감사합니다."

요시오는 안도했다. 매실장아찌를 줄 곳이 생겨서 한
시름 놓았다. 마지막 할 일을 마친 기분이었다.

"별 소릴 다해요. 마치 딸을 시집보내기라도 하는 것
같네요."

그런 말과 함께 세쓰의 웃는 얼굴이 떠올랐다. 아내
는 항상 요시오에게 웃어주었다. 마지막 순간까지도 웃
으며 떠났다.

사람은 슬플 때도 웃을 수 있다. 다른 사람을 위해 웃을 수 있기 때문에, 인간인 것이다.

"고맙네."

요시오는 이 세상의 모든 것을 향해 감사 인사를 남겼다. 그리고, 웃었다.

네 번째 추억

꼬마 고양이와
백반집의 직원 식사

가즈사* 와규

지방 함량이 높은 부위라도 맛이 깔끔하다고 해서 인기가 높다. 지방의 융점이 낮아 혀 위에서 녹아내리는 듯한 식감을 즐길 수 있다. 기미쓰시에 있는 '가즈사 와규 공방'에서는 옛날에 정육점에서 만들어 팔던 전통적인 방식으로 만든 고로케**, 멘치가스***, 햄버그를 비롯해 스키야키****, 스테이크, 소고기 주먹밥을 먹을 수 있다.

* 지바현 중앙부를 일컫는 옛 지명. 오늘날의 기미쓰시 인근을 뜻한다.

** 쪄서 으깬 감자에 고기와 다양한 채소를 다져 넣고 빵가루를 입혀 튀겨낸 음식.

*** 다진 고기에 양파를 다져넣고 둥글게 빚은 뒤 빵가루를 입혀 튀겨낸 음식. 고로케와 달리 으깬 감자가 들어가지 않고 고기의 비중이 높다. 일본에서는 정육점에서 손질하고 남은 자투리 고기를 이용해 만들어 파는 경우가 많아서, 고로케와 함께 정육점에서 파는 대표적인 먹을거리로 인식되어 있다.

**** 간장과 설탕으로 양념한 국물에 얇게 썬 소고기를 비롯해 다양한 채소를 함께 넣어 익힌 뒤 날계란에 찍어먹는 일본의 전통 요리.

가이의 손에는 수첩이 하나 들려 있다.

요리 레시피와 단골손님에 관한 메모가 적혀 있는 수첩이다. 고토코의 오빠 유이토와 요시오의 이름도 있었다. 이것을 쓴 사람은 가이가 아니라 가이의 어머니다. 고양이 식당을 시작하면서 쓰기 시작한 것이었다.

어머니는 일하는 틈틈이, 그리고 가게를 닫은 후에 식당 테이블에 앉아 이 수첩을 쓰곤 했다. 아무리 피곤해도 빠뜨리지 않는 일과였다.

좀 쉬었다가 쓰지 그러세요, 하고 말한 적도 있지만, 어머니는 수긍하지 않았다.

"그러다 잊어버리면 안 되니까."

병을 진단 받고 나서 어머니는 그 수첩을 가이에게

맡겼다.

"우리 식당에 대한 건 여기 다 쓰여 있단다."

자신에게 무슨 일이 생겼을 때를 대비해, 아들을 위해 지금껏 써온 것이다.

알기 쉽게 쓰인 수첩 덕분에 가이가 식당을 계속 운영할 수 있었다. 거기에는 고양이 식당의 모든 것이 쓰여 있었다.

"건강해져서 돌아올 테니까, 그때까지만 식당을 부탁할게."

벌써 몇 번째인지 모를 입원이 결정되었을 때, 어머니는 가이에게 이렇게 말했다. 이미 수술도 불가능할 정도로 암이 진행되어 있었지만, 어머니는 집 근처 마트에 가는 것처럼 말했다.

"금방 돌아올게."

어머니는 그렇게 말했지만 가이는 대답할 수가 없었다. 어머니는 이제 호스피스 병동에 입원하려는 참이었다. 병을 치료하기 위한 입원이 아니다. 다시는 돌아오지 못할지도 모른다. 의사에게 마음의 각오를 하라는 말을 들었다.

가이가 아무 말도 하지 못하자, 이번에는 꼬마에게
말을 걸었다.

"꼬마야, 너도 그동안 말 잘 듣고 있어야 해."

"냐아아."

제대로 대답이 돌아왔다. 고개도 끄덕인 것처럼 보였
다. 고양이는 참 신기한 동물이다. 고양이를 보면 사람의
말을 알아듣는 게 틀림없다는 생각이 들 때가 많다.

어머니는 꼬마와 대화를 이어갔다.

"가이를 잘 돌봐주렴."

"냐아."

꼬마는 꼬박꼬박 대답을 했다. 마치 자기만 믿고 맡
겨 두라고 말하는 듯했다. 어엿한 보호자 같은 얼굴을 하
고 말이다.

물론 이 조그만 고양이에게 돌봄을 받을 일은 없을
것이다. 어머니는 농담으로 한 말이겠지만, 그 말에서 가
이를 걱정하는 마음이 느껴졌다. 평범한 아이보다는 걱
정을 많이 끼쳤던 것도 사실이다.

24년 전, 가이는 달을 다 채우지 못하고 태어났다. 그

탓인지는 모르지만, 몸이 많이 약했다. 의사에게 성인이 될 때까지 살지 못할 수도 있다는 말까지 들었다고 한다.

부모님은 가이가 건강하게 자라도록 온 힘을 다했다. 병원에 데리고 다녔을 뿐 아니라, 온갖 신에게 기도도 드렸다. 신사나 절에서만이 아니라, 옆으로 누운 초승달이 뜰 때마다 달님에게도 빌었다.

"이 아이가 튼튼하게 자랄 수 있게 해주세요."

기도가 이루어졌는지, 가이는 조금씩 건강해졌다. 언제부터인가 감기도 한 번 걸리지 않았고, 이렇게 무사히 어른이 될 수 있었다.

그 대신일까, 아버지가 사라졌다. 바다에 나간 뒤로 돌아오지 않았다. 아버지를 잃는 대신 건강을 얻은 것 같은 기분도 들었다.

아버지를 그렇게 잃은 뒤, 어머니는 이 '고양이 식당'을 시작했다. 그때 조그만 고양이를 키우고 있었기 때문에 붙인 이름이라고 한다. 식당 이름치고는 특이했지만, 그만큼 다들 쉽게 기억해 주었다.

"처음에는 '갈매기 식당'이라고 할 생각이었는데, 비슷한 이름의 식당이 전국 곳곳에 있지 뭐니."

어머니는 이렇게 말했다. 그건 그렇다. 집 근처에도 그런 이름의 식당이 있다. 좋은 이름이지만, 다른 식당과 헷갈릴지도 모른다.

그때 키우던 고양이는 가이가 중학생이었을 때 죽고 말았다. 수명이 다했는지 어느 날 갑자기 더 이상 움직이지 않았다.

그 후 고양이가 없는 상태가 이어지다가, 어머니가 입원하기 반년 정도 전에 두 번째 고양이, 꼬마가 가이의 집에 찾아왔다. 바닷가에 버려져 있던 고양이를 어머니가 주워 온 것이다.

"고양이 식당이니까, 역시 고양이가 있어야겠지?"

그렇게 말하면서 어머니는 방금 주워온 꼬마의 머리를 쓰다듬었다. 꼬마의 얼굴은 행복해 보였다.

고양이 한 마리 정도는 키울 수 있을 정도로 식당은 번창했다. 신비한 가게젠, 바로 추억 밥상 덕분이다.

어머니가 아버지를 위해서 만들었던 가게젠이 죽은 사람을 추모하는 요리로 입소문이 났다. 어머니가 만든 가게젠을 먹으면 신기한 일이 일어난다는 것이다.

추억이 되살아난다.

추모하려 한 고인와 이야기를 나눌 수 있다.

때로는 죽은 사람이 모습을 나타내기도 한다.

하지만 모두 전해 들은 말이다. 어머니에게도, 가이에게도 죽은 사람의 모습은 보이지 않았고 목소리가 들리지도 않았다. 그리고 부모님을 만나고 싶어서 추억 밥상을 만들어도, 나타나는 일은 없었다.

어머니가 돌아가신 이상, 이제 기다릴 사람도 없다. 아버지에 대해서는 진작에 포기하고 있었다.

이 마을에서 벗어나자.

꼬마와 함께 여행을 떠나자.

가이는 그렇게 결심했다. 어머니의 49재가 끝나면 이 마을을 떠나기로 계획을 세웠다. 그리고 어머니의 장례식이 끝난 뒤, 식당 입구에 있던 칠판의 글씨를 지웠다.

고양이 식당
추억 밥상을 차려 드립니다

잠시 망설이다가, 고양이 그림도 지워 버렸다. 글씨도

그림도 흔적 없이 깨끗이 사라졌다.

이 칠판의 글과 그림은 원래 어머니가 쓰고 그린 것이었다. 분필이 날아가 희미해질 때마다 가이가 그 위에다 덧그려서, 마지막에는 거의 가이가 쓴 것이나 다름없는 상태였다.

추억이 담긴 칠판이다. 하지만 식당을 닫기로 했으니까 이제 칠판은 필요없다. 식당과 함께 처분할 생각이었다.

식당 출입문에 폐점을 알리는 팻말을 걸고 나자, 할 일이 없어졌다. 텔레비전이나 인터넷은 어머니가 살아계시던 무렵부터 거의 보지 않았다. 이럴 때 만나고 싶은 친구도 딱히 없다. 아니, 생각나는 사람이 한 명 있었지만 그녀는 친구가 아니라 손님이다. 게다가 이미 작별 인사까지 했다.

할 일도 없으니 푹 자면 될 텐데, 날이 밝기도 전에 눈이 떠졌다. 식당을 하다 보니 생긴 습관이다.

어머니가 계셨을 때의 고양이 식당은 아침식사만 하는 식당이 아니었다. 점심때도 저녁때도 영업을 했는데, 영업시간을 변경한 것은 가이였다. 오후에 어머니의 병문안을 가고 싶어서 아침에만 영업을 하기로 했다. 어머니와 조금이라도 더 오래 함께 있고 싶었다.

처음에는 밤에만 영업을 할까도 생각했지만, 아침밥을 중요하게 생각했던 어머니의 의사를 존중하기로 했다.

"아침밥은 하루의 시작이잖니. 하루의 시작을 응원하고 싶어."

어머니의 입버릇이었다. 근처에 있는 제철소는 밤 근무도 하기 때문에, 일을 끝내고 돌아가는 길에 식사를 하러 오는 사람이 있어서 아침식사는 수요가 있었다.

하지만 그것도 끝났다. 여기서 기다려도 어머니는 이제 돌아오지 않는다. 함께 있을 수 있었던 시간은 끝나버렸다.

"이제 슬슬 밥 먹을 시간이군요……."

그날 아침, 가이는 이렇게 중얼거렸다. 자신의 끼니 얘기가 아니라, 고양이에게 사료를 줄 시간이다.

꼬마는 어머니의 방에서 자고 있었다. 어머니의 냄새가 나는 물건에 둘러싸여 있으면 안심이 되는 모양이다. 담요에 앞발을 꾹꾹 누르고 있을 때도 있다. 고양이가 담요나 이불에 앞발을 꾹꾹 누르는 시늉을 하는 것은 어미를 그리워해서라는 말이 있다. 꼬마는 가이의 어머니를 진짜 자기 엄마라고 생각하고 있는지도 모른다.

하지만 계속 어머니의 방에만 있는 것은 아니다. 아침이 되면 일어나 식당에서 사료를 먹는다. 이 집에 처음 왔을 때부터의 습관이다. 지금도 가이보다 빨리 일어난다.

멍하니 있는 동안에 어느새 오전 8시가 넘었다. 꼬마가 배가 고플 것이다.

가이는 일어나 식당으로 내려갔다. 창문의 셔터를 내려 두었기 때문에 식당 안은 어두웠다. 괘종시계가 똑딱이는 소리만이 들렸다.

이상하네.

그렇게 생각한 것은 꼬마의 기척이 없었기 때문이다. 평소에는 가이에게 쪼르르 다가와 달라붙는데, 울음소리 하나 들리지 않는다.

조명을 켰지만, 역시 보이지 않았다. 괘종시계 옆에도, 테이블 아래에도 없다.

"꼬마야."

이름을 불러도 조용하기만 하다. 식당에는 없는 모양이다. 혹시나 싶어서 어머니의 방을 포함해 온 집안을 둘러보았지만, 꼬마는 어디에도 보이지 않았다.

또 밖으로 나가버린 걸까?

이 집 어딘가에 고양이가 나갈 수 있는 만큼의 틈이 있는 건지, 꼬마는 밖으로 탈출하는 버릇이 있었다.

출입구에 내놓은 칠판보다 더 멀리 나가지는 않기 때문에 별생각 없이 자유롭게 내버려 두었다. 지금까지는 교통사고를 당할 걱정도 없는 환경이었지만, 이 집을 떠나면 이제 밖에 나가지 못하게 해야겠다.

가이는 식당으로 돌아가 출입문을 열었다. 이미 날이 밝아서, 바닷가 마을은 아침이 되어 있었다. 하늘은 한없이 파랗고, 공기도 상쾌하다. 평소와 다르지 않은 풍경이 보였다.

하지만 꼬마가 없다. 글씨가 지워진 칠판만 있을 뿐, 꼬마는 보이지 않았다.

어디로 가 버렸을까?

꼬마는 호기심이 강하다. 괭이갈매기를 보고 쫓아가다가 멀리 가 버렸는지도 모른다. 자유롭게 돌아다니게 둔 것이 새삼 후회되었다. 아버지가 사라지고, 어머니가 돌아가시고, 이제 꼬마까지 어디로 가버리면 외톨이가 되어버린다.

가이는 불안한 마음에 휩싸여 밖으로 달려 나갔다. 꼬마와 두번 다시 만나지 못할 것만 같았다. 어머니와 함께 떠나 버린 것만 같은 기분이 들었다.

"꼬마야!"

조개껍데기가 깔린 오솔길을 달리면서 가이가 외쳤다. 그때, 대답이 들려왔다.

"냐야아."

조금 떨어진 곳에서 울음소리가 들렸다. 멈춰 서서 귀를 기울이자, 발소리가 들려왔다. 사람의 발소리다. 이쪽으로 다가오고 있다.

"냐옹."

꼬마의 목소리도 가까워졌다. 이윽고 모습이 보였다. 고토코였다. 꼬마를 안은 채 가이의 앞에 나타났다.

"또 와 버렸어요."

"아니 왜……."

당황해서 물었다. 식당은 이제 그만둘 거라고, 접을 거라고 이미 말했는데 또 올 거라고는 생각도 못했다.

"아침식사를 만들려고 왔어요."

그것이 고토코의 대답이었다. 가이의 얼굴을 보며 말을 이었다.

"후쿠치 씨를 위해서 아침밥을 짓게 해주세요."

마치 프로포즈 같았다.

그렇게 생각하자 볼이 화끈거렸다. 부끄러웠지만 이미 한 말을 철회하지는 않았다. 고토코 나름대로 마음을 굳게 먹고 여기까지 온 것이다.

고양이 식당을 방문한 것은 땅콩밥을 만든 날 이후로 처음이지만, 사실 이 마을에는 어제도 찾아왔었다. 가이를 만나기 위해서가 아니라, 호스피스 병동으로 돌아간 구라타 요시오의 병문안을 갔었다.

요시오는 빙수를 먹고 있었다. 호스피스 병동에서는 환자가 빙수를 자유롭게 먹을 수 있다. 입에 머금고 녹이면서 먹기 때문에 목에 걸리는 일 없이 수분을 섭취할 수 있기 때문이다.

딸기 시럽을 뿌린 빙수를 조금씩 입에 넣으며 요시오는 고토코에게 가이에 대한 이야기를 해주었다.

"가족을 잃으면 온갖 생각이 들기 마련이지."

고양이 식당의 단골손님이었던 만큼, 어머니를 잃은 가이를 걱정하고 있었다.

"자네가 힘이 되어주면 좋겠네."

요시오는 말했다. 고토코를 가이의 여자친구라고 오해한 모양이었다. 부정하려고 했지만, 요시오는 듣고 있지 않았다. 그저 혼잣말처럼 이야기를 시작했다.

"고양이 식당에는 신세를 많이 졌어. 가게 문을 닫은 뒤에 간 적도 있었지 뭐요……."

세쓰가 입원해 있던 무렵의 일이다. 병문안을 갔다 돌아오는 길에 식당에 들렀는데, 영업이 이미 끝난 시간이었다.

"너무 늦었나 보네……."

그렇게 중얼거리며 돌아서려 했을 때였다. 딸랑딸랑 도어벨이 울리더니 나나미가 식당 밖으로 나왔다. 요시오가 온 것을 본 모양이다.

"들어왔다 가세요."

그렇게 말하며 사양하는 요시오를 식당으로 불러들이고는, "이런 것밖에 없지만 같이 드세요" 하고 미안하다는 듯이 이렇게 말하며 직원용 식사를 내주었다. 가족끼리 먹으려던 요리를 나눠주었던 것이다.

"그 밥이 얼마나 맛있던지……."

호스피스 병동의 침대에서 요시오가 중얼거린 말이
계기가 되었다. 고토코는 그 요리를 만들기로 마음먹
었다.

잘 만들 수 있을지 자신도 없었고, 쓸데없는 참견이
라고 생각할까 걱정도 되었다. 주제넘은 행동이라는 것
도 알고 있다.

그래도 고토코는 가이를 위해서 요리를 만들고 싶었
다. 자신을 도와준 데 대한 보답을 하고 싶었고, 상심에
빠진 가이에게 용기를 주고 싶었다.

가이는 꼬마에게 사료를 주었다. 그런 뒤 고토코와
함께 차를 마셨다. 둘 다 말이 없었다.

잠시 아무 말 없이 앉아 있다가, 꼬마가 안락의자에
서 둥글게 몸을 말았을 무렵 고토코가 일어섰다.

"장을 보러 갔다 올게요."

마트가 여는 시간을 기다리고 있었던 모양이다.

"같이 갈까요?"

가이가 말했지만, 고토코는 거절했다.

"혼자 가도 괜찮아요."

그리고 밖으로 나갔다. 고토코가 아침밥을 지어주기로 했다. 그냥 내버려 두었으면 하는 기분도 있었지만, 그 이상으로 고토코가 만들 요리에 흥미가 생겼다.

고토코는 요시오의 집에서 음식을 만들어서 추억을 불러온 적이 있다. 가이에게는 아무것도 보이지 않았지만, 죽은 요시오의 아내, 세쓰가 나타나 말을 걸어왔다고 한다.

고토코의 요리를 먹으면 나도 죽은 사람과 만날 수 있을까?

어머니를 만날 수 있을까?

고양이 식당은 소중한 사람과의 추억이 되살아나는 식당이라는 말을 듣고 있다. 추억 밥상을 먹으면 죽은 사람의 목소리가 들리거나, 모습이 나타나는 경우도 있다고 소문이 났다.

그 소문에 부응하기 위해 가게젠을 계속 만들어왔지만, 사실 가이는 죽은 사람이 정말로 나타난다고는 생각하지 않았다. 다른 시각을 갖고 있었던 것이다.

추억의 요리가 옛 기억을 떠올리게 해서 환상을 보는 것이 아닐까? 나타났다는 죽은 사람의 이야기를 들어보면 모두 산 사람에게 듣기 좋은 말만 하고 있다. 죽은 사람이 진짜 나타난 것이 아니라, 살아 있는 사람이 상상한 모습이 보였을 뿐이라는 생각이 들었다.

하지만 그래도 상관없다. 환상이라도, 백일몽이라도 좋다. 어머니를 만나고 싶었다. 이 마을을 떠나기 전에, 한 번만 더 어머니와 이야기를 하고 싶었다.

"그렇게 생각하지 않나요?"

안락의자에서 몸을 웅크리고 있던 꼬마에게 묻자, 졸려 보이는 얼굴로 대답을 해주었다.

"후냐아아앙."

하품 같은 울음소리였다. 꼬마는 별로 관심 없다는 얼굴을 하고 있어서 조금 서운해졌다.

"어떻게 생각하나요?"

꼬마를 추궁하고 있는데 딸랑딸랑 도어벨이 울리더니 고양이 식당의 문이 열렸다.

"다녀왔습니다."

고토코가 돌아왔다.

가이는 고토코에게 식당의 부엌을 빌려주기로 했다.

"제가 들어가도 될까요?"

"그럼요. 이제 식당이 아니니까요."

식당을 접을 거니까, 남의 집 부엌을 빌려 쓰는 것이나 다름없다. 아직 가스도 전기도 수도도 연결되어 있으니까 문제될 것은 없다.

"그럼 잠시 빌리겠습니다."

고토코는 조금 망설이다가 가방을 벽 쪽의 의자에 올려두고 부엌으로 들어갔다. 가이도, 꼬마도 고토코를 따라 들어가지 않았다.

시간이 흘렀다.

30분 정도 지난 뒤 고토코가 돌아왔다. 무쇠냄비와 휴대용 버너를 들고 있다. 테이블에서 요리를 만들 생각인 모양이다. 다진 파와 소고기도 있다.

"가즈사 와규를 사 왔어요."

고토코가 말했다. 이 지역의 브랜드 소고기다. 지방의 융점이 낮아 살짝만 익혀도 혀 위에서 녹기 때문에, 기름진 부위도 맛이 깔끔하다.

참고로 지바현은 일본의 낙농 발상지로 알려져 있다.

에도 시대의 8대 쇼군인 도쿠가와 요시무네가 인도산 흰 소를 수입해서 지바현의 미네오카마키*에서 사육하면서 현재의 버터 비슷한 유제품을 제조한 것이 일본 낙농의 시초라고 지바현의 홈페이지에 기재되어 있다.

그 가즈사 와규를 사용해 요리를 만들 생각인 것 같다. 무쇠냄비와 소고기, 파라고 하면 무엇을 만들지 대충 상상이 가지만, 확인차 물어보았다.

"무엇을 만드실 건가요?"

"스키야키예요."

예상대로의 답이 돌아왔다.

"금방 돼요."

그렇게 말하고 고토코가 요리를 시작했다. 먼저 간장과 청주, 설탕과 물을 섞고 그것을 냄비에 끓여서 국물을 만든다. 다음으로 넓찍한 무쇠냄비를 달궈 소 기름을 녹인 뒤 먼저 파를 노릇하게 구워 낸다. 마지막으로 국물과 소고기를 넣어 끓이면 완성이다.

---

* 현재의 미나미보소시를 말한다.

"간토*식 스키야키군요."

국물을 부어 끓이는 방식이 간토식, 소 기름에 굽는 방식이 간사이식이다. 가이의 머릿속에 있는 이미지로는 후자는 구이에 더 가까운 느낌이다.

"네. 저희 집은 간토식이에요."

고토코가 대답했다. 가이의 집도 그렇다.

그런 이야기를 주고받는 동안 국물이 보글보글 소리를 내며 끓기 시작했다. 설탕과 간장의 달콤짭조름한 향기와 소고기 익는 냄새가 퍼져나갔다.

꼬마가 코를 벌름거리면서 고토코를 향해 울었다.

"냐옹."

이제 먹을 때가 됐다고 알려주는 것 같았다. 고토코도 그렇게 생각했는지, 꼬마에게 고맙다는 말을 했다.

"그래. 이제 다 된 것 같지? 고마워."

그리고 가이를 위해서 날달걀을 깨서 앞접시에 풀어놓고, 소고기를 덜어 건넸다.

---

* 도쿄와 인근 6개 현을 묶어서 부르는 명칭. 반대로 교토와 오사카를 비롯해 인근 4개 현을 묶어서 간사이라고 부른다.

"자, 드세요."

"감사합니다."

가이는 그릇을 받아들고, 소고기를 보았다. 붉은 기가 남아 있지만, 가즈사 와규는 너무 익히지 않는 편이 맛있다. 꼬마가 알려준 것처럼 먹기 딱 좋게 익었다.

"잘 먹겠습니다."

고토코에게 고개를 숙이고, 소고기에 달걀을 찍어 입에 넣었다. 가즈사 와규는 입 안에서 부드럽게 살살 녹으며 달착지근한 맛이 났다.

소고기에 설탕과 간장으로 맛을 낸 국물이 스며들고, 달걀 노른자가 그 두 가지 맛을 하나로 감싸 안았다. 부드럽고 촉촉하면서도 고기의 감칠맛이 더할 나위 없이 돋보인다.

맛있었다. 익힌 정도도 국물의 간도 완벽해서, 지금까지 먹어본 그 어느 스키야키에도 뒤지지 않았다. 어머니가 만든 스키야키의 맛과도 아주 비슷했다.

하지만, 다르다.

이게 아니다.

스키야키는 고양이 식당의 인기 메뉴지만, 가족끼리

먹는 식사로 식탁에 오르는 일은 없었다. 아침밥으로도, 점심밥으로도, 저녁밥으로도 먹은 기억이 없다. 어머니의 추억은 되살아나지 않았고, 목소리도 들리지 않았다.

"니키 씨, 죄송합니다만."

어깨가 축 처진 채 젓가락을 내려놓으려던 참이었다. 하지만 실망하기에는 일렀다.

"그럼 준비해 볼까요?"

고토코가 말했다. 이미 스키야키를 먹고 있는데 그렇게 말한 것이다.

그러더니 그릇에 쌀밥을 퍼 담았다. 그리고 국자로 스키야키를 덜어서 그릇 속의 밥 위에 올렸다. 무쇠냄비의 여열에 소고기는 속속들이 익었고, 파는 흐물흐물해졌다.

"스키야키 덮밥이에요."

고토코는 이렇게 말하며 가이에게 그릇을 건넸다.

가이는 아무 말이 없었다. 그저 요리에서 눈을 떼지 못했다. 스키야키 덮밥에는 어머니와의 추억이 있었다.

식당에서는 일하는 직원들을 위해 따로 식사를 준비

하는 경우가 많다.

고양이 식당은 가족끼리 운영하는 가게여서 따로 직원을 두지는 않았지만, 식당 문을 닫은 뒤에 따로 준비해 먹는 직원 식사 비슷한 요리가 있었다. 스키야키 덮밥도 그런 요리 중 하나였다.

스키야키는 고양이 식당의 인기 메뉴다. 추억 밥상으로도, 평범한 식사로도 주문하는 손님이 많았다. 그래서 어머니는 넉넉히 재료를 준비해 두곤 했다.

그리고 영업이 끝나고 나면 남은 재료로 가이에게 스키야키 덮밥을 만들어 주셨다. 남은 재료로 만든 것이니까 제대로 냄비에 스키야키를 만들기에는 고기의 양이 적어서 그랬을 것이다.

가이와 어머니의 몫만이 아니라, 아버지 몫도 있었다. 4인용 테이블에 어머니와 가이는 나란히 앉고, 맞은편에 아버지의 가게젠을 두고 가족끼리 단란하게 식사를 했다. 영업이 끝난 뒤 느긋하게 한숨 돌리는 시간이었다.

그렇게 옛 기억을 더듬고 있는데, 고토코가 머뭇거리며 말을 걸어왔다.

"저기……"

당혹스러운 얼굴을 하고 있다. 가이가 고토코가 내민 그릇을 받아들지도 않고 있었던 것이다.

"죄송합니다. 잠시 딴생각을 하다가 그만."

고토코에게 사과하고, 그릇을 받아들었다. 따뜻하고 묵직한 무게가 느껴졌다.

"잘 먹겠습니다."

식사 전 인사를 한 번 더 말하고, 파를 집어 들었다. 소기름이 설탕과 간장 국물을 머금은 채 흐물흐물해지도록 푹 익었다. 파를 오래 가열하면 남은 수분이 빠져 단맛이 더해진다. 먹기도 전에 이미 사르르 녹아버릴 것만 같았다.

꿀꺽 침이 넘어갔다. 어머니가 돌아가신 뒤 식욕이라곤 전혀 없었는데, 갑자기 배가 고파졌다. 소고기의 지방이 스며든 달콤짭조름한 파를 먹고 싶었다.

고춧가루가 옆에 놓여 있었지만 뿌리지 않고 먹기로 마음먹고, 파를 입에 넣었다. 씹은 순간, 맛이 터져 나왔다. 파 한 조각에 소고기와 간장, 설탕의 맛이 고스란히 담겨 있다. 스키야키의 감칠맛이 모두 응축되어 있었다.

그리운 맛이다. 그 맛과 향에 이끌려 어머니가 돌아가셨을 때의 기억이 되살아났다.

"그동안 감사했습니다."

마지막까지 어머니를 돌봐준 의사와 간호사에게 인사를 했다. 의료진은 고개 숙여 인사를 하고는 병실을 떠났다. 가이가 어머니와 둘만 있을 수 있게 해준 것이다.

의사도 간호사도 없는 병실에서, 가이는 어머니의 얼굴을 들여다 보았다. 암이 전신으로 전이되었다는 게 거짓말인 것처럼 평온한 얼굴을 하고 있다. 고통스러워 한 흔적도 없이, 잠들어 있는 깃 같았다. 어머니, 하고 부르면 눈을 뜰 것만 같았다.

말을 거는 대신, 어머니의 뺨을 어루만졌다. 이미 차가워져 있었다. 물론 어머니가 눈을 뜨는 일은 없었다.

"정말로 돌아가셨네요."

그렇게 중얼거리자, 지금까지 있었던 일이 주마등처럼 머릿속을 스쳤다. 어느 날, 어머니가 호스피스 병동의 침대에 누워서 가이에게 안경을 건넸다.

"한동안 쓸 일이 없을 것 같으니까 네가 가지고 있어

줄래?"

어머니는 독서를 좋아해서, 입원한 뒤로도 계속 책을 읽었지만, 언제부터인가 침대에서 몸을 일으키는 것조차 마음대로 하기 힘들어졌다. 독서는커녕 식사도 제대로 들지 못하고, 링거에 의존했다.

괴로울 텐데도 약한 소리 한 번 하는 법이 없었다. 이때도 농담 같은 말투로, 이렇게 말을 이었다.

"건강해져서 집에 돌아가면, 그때 실컷 읽어야지, 그때까지 좀 맡아주렴."

유품을 남길 생각으로 안경을 건네주었다는 것을 가이도 알았다. 어머니는 죽음을 각오하고 있다. 이 병원에서, 인생의 마지막을 맞이하려 하고 있다. 그렇게 생각하자 눈물이 넘칠 뻔했지만, 억지로 밝은 목소리로 대답했다.

"그럼 어머니가 돌아오실 때까지 제가 써도 될까요?"

근시는 아니지만, 렌즈를 바꿔서 쓸 생각이었다. 어머니를 가까이에서 느끼고 싶었다.

"상관없지만, 망가뜨리면 안 돼."

어머니는 웃어 보였지만, 목소리는 완전히 쉬어서 알

아듣기 힘들 정도로 작았다. 산소마스크를 하고 있는 탓에 말하는 것조차 힘들었을 것이다.

그런 모습을 눈앞에서 보면서도, 마음 어딘가에서는 기적을 바라며 다시 건강해질 거라고 믿었다. 어머니가 집에 돌아와, 다시 함께 살 수 있는 날이 오리라고 믿었다.

하지만 기적은 일어나지 않았고 병도 낫지 않았다. 수명은 늘어나지 않고, 어머니는 말 없는 유해가 되어 고양이 식당으로 돌아왔다.

혼자서 집을 지키고 있던 꼬마가 움직이지 않는 어머니의 얼굴을 보고 "냐옹" 하고 울었다. 말을 걸어 보려 한 것 같았다. 그러다 끝내 내답이 없는 이머니를 보고는 이상하다는 듯이 고개를 갸웃거렸다.

"어머니는 돌아가셨어요."

꼬마에게 가르쳐줄 생각으로 한 말인데, 눈물이 터져 나왔다. 어머니의 죽음이, 어머니가 이제 이 세상에 없다는 것이, 가슴에 사무쳤다.

울고 있을 시간이 없었다. 장례식 준비를 해야 한다. 절에 부탁해 재를 올리고, 화장장에서 뼈만을 남겼다.

꼬마와 '둘이서' 어머니를 보내 드리기로 했지만, 꼬

마는 화장장에 데려갈 수가 없었다. 가이는 혼자서 뼈를 줍고, 빌렸던 안경과 함께 유골함에 넣었다. 렌즈는 어머니가 사용하시던 것으로 되돌려 두었다.

유골함 앞에서 손을 모으고 기도를 올렸다.

저세상에서는 불편하지 않기를.

책도 많이 읽으실 수 있기를.

아무런 괴로움도 없기를.

사후세계를 믿은 적도 없으면서, 저세상이 있을 리 없다고 생각했으면서, 어머니가 저세상에서 행복하기를 기도했다. 아프지 않은 곳에서, 좋아하는 책을 마음껏 읽으시기를 기원했다.

가이는 스키야키 덮밥을 싹 비웠다. 고기도 맛있었지만, 국물이 스며든 밥의 맛이 각별했다.

"정말 맛있게 잘 먹었습니다."

가이는 그릇과 젓가락을 내려놓았다. 식사는 끝났다. 어느새 맞은편 자리에 추억 밥상이, 어머니 몫의 스키야키 덮밥이 놓여 있었다. 그것도 이제 거의 다 식어서 김이 사라지려는 참이었다.

스키야키 덮밥을 먹으며 어머니에 대한 기억을 떠올렸지만, 어머니는 나타나지 않았고 말을 걸어오지도 않았다. 역시 나에게는 기적이 일어나지 않는구나. 가이의 어깨가 처졌다.

고토코가 뭔가를 묻고 싶은 듯한 얼굴로 이쪽을 보고 있다. 아무 일도 일어나지 않았다고 말해야지, 그렇게 생각한 순간이었다.

"냐아옹."

꼬마가 울었다. 누군가에게 말을 거는 듯한 소리였다. 어리광을 부리는 것 같았다. 꼬마 쪽으로 시선을 돌리자 꼬마는 식당 구석, 고토코가 가방을 내려놓은 자리 옆에 가 있었다. 꼬마는 의자에 올라가 고토코의 가방에 코를 들이밀며 한 번 더 울었다.

"냐아옹."

아까와 똑같이 우는 것 같은데, 소리가 웅웅 울려서 들렸다. 감기에라도 들었을까? 가이는 걱정이 되어서 꼬마에게 말을 걸었다.

"무슨 일 있나요?"

놀랍게도 가이의 목소리도 울려서 들렸다. 이상한 일

은 그것만이 아니었다. 고토코의 가방이 눈부신 빛을 발하기 시작한 것이었다.

그 빛은 눈 깜빡할 사이에 점점 커지더니, 가이를 감쌌다. 가이는 그 빛에 완전히 휩싸이고 말았다.

마치 빛 속에 있는 것처럼, 세계가 빛을 받아 부옇게 흐려진 것 같았다.

그러면서도 풍경은 보였다.

식당 안에 온통 안개가 가득했다.

"이건 대체……?"

고토코에게 말을 걸려 했지만, 모습이 보이지 않았다. 몇 초 전까지만 해도 있었는데, 그림자도 형체도 사라졌다.

그리고 고양이 식당의 문이 열리는 소리가 들렸다.

딸랑딸랑.

누군가가 식당 안으로 들어왔다. 빛과 안개 때문에 잘 보이지 않았지만, 여성의 실루엣이었다.

설마.

그렇게 생각한 순간, 꼬마가 "냐아옹" 하고 어리광부리는 목소리로 울고는, 문 쪽으로 반갑게 다가갔다.

이윽고 식당 안에 들어온 여성의 얼굴이 뚜렷이 보였

다. 얼마 전까지 가이가 하고 있던 안경을 쓰고 있다.

"……어머니."

가이가 어머니를 불렀다. 돌아가신 어머니가 돌아온 것이었다.

"잘 있었니?"

어머니가 말했다. 꼬마가 쪼르르 달려가 그 발밑에서 몸을 부볐다. 자신의 냄새를 어머니에게 묻히려고 하는 모양이다.

그런 꼬마에게 어머니가 말을 걸었다.

"착하게 잘 있었던 모양이구나."

"냥."

꼬마가 가슴을 펴고 당당하게 대답했다. 착하게 있었다는 자신이 있는 모습이다. 어머니가 머리를 쓰다듬자, 꼬마는 만족했는지 다시 안락의자로 돌아갔다.

어머니는 가이가 앉아 있는 테이블의 맞은편 자리에 앉더니, 희미하게 올라오는 김을 보면서 물어왔다.

"나한테 할 얘기가 있지?"

"……네."

가이는 대답하면서 추억 밥상에 관한 소문이 정말이었구나, 하고 생각했다. 그렇다면 멍하니 있을 시간이 없다. 이 세상에 잠시 돌아온 그들은 요리가 식기 전까지밖에 있을 수 없다고 한다. 스키야키 덮밥은 이미 식어가고 있었다.

가이는 하려고 했던 말을 어머니에게 전했다.

"고양이 식당을 닫기로 했어요."

딱 잘라서 그렇게 말했다.

"이 마을을 떠날 생각이구나."

어머니는 가이의 마음을 알고 있었다. 꼬마와 함께 여행을 떠나려 한다는 것도 알고 있는 듯했다.

이 식당은 어머니가 열심히 일궈온 곳이다. 문을 닫으려 하는 것이 죄송하게 느껴져 머리를 숙였다.

"죄송합니다."

어머니는 화 내지 않았다.

"사과할 필요 없어. 하지만 건강은 조심하렴."

목소리도 말투도 다정했다. 살아 있을 때와 똑같았다. 가이가 아플 때면 어머니는 밤새 옆에서 간호해 주셨다. 가이를 업고 병원에 데려간 적도 있었다.

따뜻했던 어머니의 등을 떠올리자 눈물이 날 것 같았다. 그렇게 다정했던 어머니에게, 나는 아무것도 해주지 못했다.

적어도 울지는 말자.

자식이 울면 부모는 저세상에서도 마음을 놓지 못할 테니까.

어머니를 걱정시키지는 말아야지.

그렇게 생각하며 눈물을 참는데, 어머니가 말을 걸어왔다.

"울어도 괜찮아. 누구에게나 울 수 있는 장소는 필요한 법이니까."

상냥한 목소리로 어머니는 이야기를 시작했다.

이 마을을 떠나더라도, 어디서든 슬픈 일을 겪으면, 참을 수 없을 정도로 힘든 일이 생기면, 이 마을에 돌아와서 울면 돼.

여기는 네가 태어난 마을이니까.

아버지와 어머니가 살던 마을이니까.

식당을 닫아도, 여기가 너의 고향이니까.

울어도 되는 장소니까.

"어머니……."

"응? 왜 그러니?"

어머니가 이유를 물었지만, 대답을 할 수가 없다. 단지 가이는 눈물을 흘릴 뿐이었다. 고개를 숙이고 울고 있는데 어머니의 손이 머리를 쓰다듬어 주었다.

그러자 마음이 진정되었다. 어릴 때처럼 기분이 편안해졌다. 그러기를 기다린 것처럼, 어머니가 일어섰다.

"이제 가야겠구나."

테이블 위를 보자 스키야키 덮밥의 김이 사라져 있었다. 죽은 사람은 추억 밥상이 식을 때까지밖에 이 세상에 있을 수 없다. 저세상에 돌아갈 시간이 된 것이다.

이렇게 될 거라고 알고는 있었지만, 헤어지고 싶지 않았다. 혼자, 아니 꼬마와 '단둘이' 남고 싶지 않았다. 가이는 어머니에게 부탁했다.

"어머니, 가지 마세요."

"그럴 수는 없단다."

어머니가 미안하다는 듯이 대답하더니, 고양이 식당 문의 저편을 보고 중얼거렸다.

"날 데리러 왔어."

"데리러 왔다고요?"

앵무새처럼 따라 말한 순간, 딸랑딸랑 소리가 들렸다. 고양이 식당의 문이 열리는 소리다. 그쪽을 바라보자, 한 남자의 그림자가 보였다. 가이와 쏙 빼닮은 용모의 키가 큰 남자다. 빛과 안개에 휩싸인 채 서 있다.

생각에 앞서 목소리가 먼저 튀어나왔다. 단번에 누군지 알 수 있었다.

"아버지⋯⋯."

20년 만이지만 아버지라는 걸 알았다. 남자의 그림자가 가이의 말에 고개를 끄덕여 보였다. 진짜 아버지였다.

가까이 달려가려 했지만, 몸이 움직이지 않는다. 쇠사슬에 묶이기라도 한 듯 일어설 수가 없었다. 아버지에게 다가갈 수가 없었다.

"미안하구나, 가이야. 만날 수 있는 것은 한 사람만이라고 정해져 있나 봐. 이야기를 나눌 수도 없대."

어머니가 가르쳐 주었다. 문 앞까지 온 것만도 사실은 규칙 위반일지 모른다. 신에게 억지를 부려서, 가이에게 얼굴을 보여주러 온 것이 틀림없다.

어머니가 아버지 쪽으로 걸어갔다. 문 옆에 멈춰 서서, 아버지와 함께 가이의 얼굴을 바라보았다. 정말로 헤어져야 하는 순간이 온 것이다.

가이는 마음을 단단히 먹었다. 울며 매달릴 것이 아니라, 해야 할 말이 있었다.

"아버지, 어머니, 두 분의 아들로 태어나서 행복했습니다."

그리고 지금도 행복하다고 말했다.

부모님이 환하게 웃어주었다. 그리고 대답했다.

"우리도 그렇단다. ……그럼 잘 있으렴."

그것이 마지막 말이었다. 부모님이 고양이 식당을 나갔다. 딸랑딸랑 소리가 울리고, 안개가 서서히 걷혔다.

고토코는 계속 가이를 보고 있었다. 추억 밥상을 차릴 생각으로 만든 스키야키 덮밥을 다 먹은 뒤, 가이가 얼어붙은 듯이 움직이지 않았다.

"저어……."

말을 걸어도 대답이 없다. 고토코의 목소리가 들리지 않는 것 같았다.

어머니가 나타난 것일까?

고토코는 눈을 부릅떠 보았지만, 그럴싸한 것은 아무것도 보이지 않았다. 고토코의 오빠가 나타났을 때는 안개가 자욱하게 끼면서 괘종시계의 바늘이 멈췄는데, 지금은 그 어떤 기색도 없었다.

꼬마는 안락의자 위에서 몸을 만 채로 꿈을 꾸고 있는지, 때때로 "냐아옹" 하고 잠꼬대처럼 울음소리를 냈다.

역시 기적이 일어나지 않은 걸까?

그렇다기에는 가이의 상태가 이상하지만, 고토코에게는 확인할 방법이 없다. 묵묵히 가이를 보고 있을 뿐이었다.

천천히 시간이 흘러, 이윽고 스키야키 덮밥이 완전히 식어버렸다. 그때 가이가 문득 무언가를 중얼거린 것 같았는데, 고토코의 귀에는 들리지 않았다. 가이는 시선을 움직여, 출입문 쪽을 바라보았다. 그리고 가이의 입술이 살며시 움직였다.

……행복했습니다.

그렇게 말한 것 같았지만, 뚜렷하게 들리지는 않았다. 눈물이 흘러넘치고 있었지만 표정은 평온했다. 충만한 얼굴을 하고 있다.

고토코는 녹차를 끓여서 테이블로 가져왔다.

"녹차예요. 좀 드세요."

그러자 대답이 들려왔다.

"고맙습니다."

차분한 목소리였다. 얼굴을 보자, 이제 눈물이 보이지
않았다. 닦은 흔적도 없었다. 우는 것처럼 보인 것은 고
토코의 기분 탓이었는지도 모른다.

가이는 차를 한 모금 마시고, 찻잔을 내려놓더니 고
토코에게 말했다.

"잘 먹었습니다."

식사가 끝났다는 의미일 것이다. 가이에게 어떤 일이
일어났는지는 여전히 알 수 없지만 고토코는 가이에게
요리를 만들어 주었고, 식사는 끝났다. 더 이상 이곳에
있을 이유는 없다. 아니, 아직 하나가 남았다. 가이에게
줄 것이 있다는 것을 생각해냈다.

고토코는 자신의 가방을 가져와서 종이봉투를 꺼냈
다. 그리고 그것을 가이에게 건넸다.

"저어……, 이거……."

모기 소리만 한 목소리밖에 나오지 않았지만, 종이봉
투에는 리본이 묶여 있어서 한눈에 선물이라는 것을 알
수 있었다. 가이가 의아하다는 얼굴을 했다.

"저에게, 주시는 건가요?"

"네."

고개를 끄덕이며 얼굴을 붉히고 말았다. 가족이 아닌
남자에게 선물을 하는 것은 처음이었다. 부끄럽기도 하
고 긴장이 돼서 손이 떨려왔다.

"받아주시겠어요?"

목소리가 이상하게 뒤집어졌다.

거절당하면 어떻게 하지?

받아주지 않으면 어쩌지?

이제 와서 그런 걱정이 들었다. 선물을 꺼내면서도
도망치고 싶은 기분이 들었다. 대답을 듣는 것이 무서워
서, 가이의 얼굴을 볼 수가 없다.

하지만 가이는 거절하지 않고 고토코의 선물을 받아
주었다.

"감사합니다."

고토코에게 감사 인사를 하더니 물었다.

"열어봐도 될까요?"

"아……, 네."

고토코가 승낙하자 종이봉투를 열고 안의 내용물을 꺼냈다.

"안경이군요."

고토코의 선물은 안경이었다. 가이가 쓰고 있던 안경과 흡사한 디자인을 골랐다. 이전에 쓰고 있던 안경이 가이의 어머니 것이라는 사실은 요시오가 가르쳐 주었다. 어머니의 것과 비슷한 안경을 선물하다니, 이것이야말로 주제넘은 행동일지도 모른다. 거절당하더라도 아무 말 하지 않을 생각이었다. 하지만 가이는 화내지 않았다. 대신 뜻 모를 말을 했다.

"이거였군요. 아까 그게……."

"아까요?"

고토코는 반문했지만 가이는 설명해 주지 않았다.

"아뇨, 혼잣말입니다."

고개를 살짝 좌우로 젓더니, 안경을 써서 보여 주었다.

"딱 맞네요."

가이가 싱긋 웃어 보였다. 그에게는 안경과 미소가

잘 어울린다.

그 웃는 얼굴을 보니 힘이 탁 풀렸다. 이번에야말로 볼일이 다 끝났다. 이제 남은 것은 기차를 타고 돌아가는 것뿐이다.

고토코에게도, 가이에게도 각자의 인생이 있다. 그 당연한 사실이 너무나 섭섭했다.

공연을 보러 와 달라고 말하고 싶었지만, 앞으로 가이가 어디로 갈지 모르는 상태라 권할 수도 없었다. 어머니가 돌아가신 지 얼마 되지 않아 섣불리 말을 꺼낼 엄두도 나지 않았다.

"그럼 저는 이만······."

인사를 하고 돌아가려 했을 때였다.

"냐아아."

꼬마가 울었다. 잠든 줄만 알았던 꼬마가 일어나서 가이를 바라보고 있다.

역시 고양이의 말을 알아듣는 것일까? 가이가 대답했다.

"그렇네요."

그리고 고토코 쪽을 돌아보더니, 평소와 같은 정중한 말투로 말했다.

"식사 대접에 안경까지 선물 받고서 정말 죄송합니다만, 한 가지 부탁이 있습니다. 들어주실 수 있을까요?"

"아……. 네, 제가 할 수 있는 거라면요."

끄덕이는 고토코를 보고 꼬마가 꼬리를 크게 휘둘렀다. 잘은 모르겠지만, 안심한 것 같았다. 가이도 안도한 듯이 입을 열었다.

"감사합니다. 그럼 같이 가시죠."

가이는 자리에서 일어나 고양이 식당의 입구로 향했다. 꼬마가 꼬리 끝을 둥글게 구부리고 그 뒤를 걸어갔다.

어떻게 하면 좋을지 몰라서 바라보고 있었더니, 꼬마가 뒤를 돌아보며 울었다.

"냐아앙."

빨리 오라고 말하는 것만 같았다. 고토코는 그 '둘'의 뒤를 따라갔다.

식당 입구까지 가자, 가이가 일류 호텔의 도어맨처럼 문을 열어 주었다.

딸랑딸랑.

도어벨이 울리고, 바깥 공기가 들어왔다. 11월의 바

닷바람은 조금 차가웠지만, 볼에 닿는 차가운 느낌이 기분 좋았다.

눈앞에는 아름다운 바닷가 풍경이 펼쳐져 있다. 가이와 처음 만난 모래 해변이 보였다. 하얀 조개껍데기가 깔린 오솔길이 눈앞에 뻗어 있고, 파도 소리와 괭이갈매기 울음소리가 들린다. 하늘이 끝없이 푸르르다.

이 풍경을 보여 주려 한 것일까 생각했지만, 가이의 시선은 다른 쪽을 향했다. 발밑, 고양이 식당의 문 옆 쪽을 보고 있다.

거기에는 칠판이 놓여 있다. 식당의 간판 대신 사용하던 칠판이었지만, 분필로 써 놓았던 글씨는 이제 없었다. 꼬마를 그린 것 같았던 작은 고양이의 그림도 사라지고 없다.

그 칠판 앞에 꼬마가 오도카니 주저앉았다. 꼬리와 귀를 쫑긋거리며 재촉하듯이 가이를 향해 울었다.

"냐아아."

"그래요. 그럴 생각입니다."

가이가 대답하더니, 칠판 아래 받침대에 올려져 있던 분필을 주워들었다. 그리고 글씨를 쓰기 시작했다.

고양이 식당
추억 밥상을 차려 드립니다.

하얀 분필로 한 자 한 자 써 내려간 글씨는 파란 하늘
에 떠 있는 흰 구름처럼 아름다웠다. 전에 쓰여 있던 글
씨를 그대로 따라 쓰는 것이 아니다. 큼직큼직한 글씨였
다. 이것이 가이의 본래 글씨체일 것이다.

"냐아?"

그걸로 끝이냐고 묻는 것처럼 꼬마가 울자, 가이가
웃음을 터뜨렸다.

"알고 있습니다."

이 가게에는 고양이가 있습니다.

전보다 큰 글씨였다. 마치 고양이가 있다고 자랑하는
것 같았다.

"냐앙."

꼬마가 그 글씨를 보고 만족한 듯이 울었다.

가이가 쿡쿡 웃더니 고토코에게 말했다.

"식당을 닫지 않기로 했습니다."

"어머, 정말요?

"네. 고양이 식당을 계속하겠습니다."

"……다행이다."

마음 깊이 안도했다. 그러자 가이가 물었다.

"다시 식사를 하러 와 주시겠습니까?"

"당연하지요!"

스스로 느껴질 정도로 목소리가 들떠 있었다. 다시 가이의 요리를 먹을 수 있다, 가이를 만날 수 있다고 생각했기 때문일 것이다.

다행이라고 생각하고 있는데, 가이가 이게 본론이라는 듯이 다시 말을 꺼냈다.

"아까 부탁드린다고 한 것 말인데요."

그랬다. 잊어버릴 뻔했지만, 부탁이 있다는 말에 가게 밖으로 나온 거였지.

"……뭔가요?"

무슨 부탁을 할지 상상조차 가지 않아서, 조심스레 묻자 가이가 분필을 내밀며 말했다.

"이 칠판에 꼬마를 그려주세요."

"네에?! 제가 어떻게요!"

갑자기 고양이 그림을 그리라니, 할 수 있을 리가 없다. 낙서라면 모를까, 간판 대신 쓰는 칠판인데.

분필을 받아들지 않고 고개를 저으며 거절했지만, 꼬마도 가이도 물러서지 않았다.

"냐아아."

"부탁드리겠습니다."

아무리 부탁이라고 해도 난감한 건 어쩔 수 없다. 어떻게 이 상황을 빠져나갈까 생각하고 있는데 가이가 진지한 목소리로 말을 이었다.

"꼭, 고토코 씨가 그림을 그려 주셨으면 좋겠습니다."

고토코 씨.

가이가 그렇게 불렀다. 처음으로 성 말고 이름만으로 불렸다. 볼이 빨개지고 말았다. 고토코는 얼굴을 감추려는 듯이 고개를 숙였다.

그러자 가이가 당황한 목소리로 사과했다.

"죄, 죄송합니다."

"냐아아."

꼬마까지 사과하듯이 울었다. 그쪽을 바라보자 반성

한다고 말하는 것처럼 등을 수그리고 있다.

고토코는 웃고 말았다. 이 식당에 오면 자연스럽게 웃을 수가 있다. 혹시 울 일이 있더라도, 마지막에는 행복하고 긍정적인 기분이 될 수 있다.

"냐아?"

꼬마가 신기하다는 듯이 고토코를 보았다.

"고토코 씨?"

가이가 다시 이름을 불러 주었다. 따뜻한 목소리에 기분이 편해졌다. 한 번도 그려본 적은 없지만, 고양이를 그려보자는 마음이 들었다.

이제 주춤거리지 말자. 두 번은 없는 인생이니까, 내가 할 수 있는 일을 하면 된다. 잘하지 못하더라도, 실패하더라도, 모두 소중한 추억이 될 테니까.

"분필 이리 주세요."

고토코가 먼저 말했다. 이제부터 새로운 시간이 시작된다. 어제까지와는 다른, 새로운 날이 찾아올 것이다.

"아, 여기요."

가이가 분필을 건네주었다. 꼬마가 기대에 찬 얼굴로 귀를 쫑긋 세웠다. 그 모습에 다시 웃음이 나왔다.

"잘 그리지 못해도 웃지 말아요."

웃으면서 그렇게 못을 박고, 분필을 칠판에 가져갔다.

고양이 식당,
추억 요리

Recipe

나메로 덮밥

재료(2인분)

- 전갱이 또는 정어리 등의 생선(횟감으로 먹을 수 있는 생선이라면 무엇이든 가능)을 먹고 싶은 만큼(전갱이라면 2인분에 세 마리 정도가 적당하다.)
- 생강, 파, 차조기 잎, 양파, 깨 등 적당량
- 된장, 간장 적당량
- 밥 2인분

만드는 방법

1 생선은 살만 떠내서 칼로 큼직하게 다진다.

2 파, 차조기 잎 등의 재료를 칼로 다진다.

3 1과 2를 잘 섞어가면서 계속 다진다. 된장과 간장을 넣어 간을 맞춘다(나메로 완성).

4 완성된 나메로를 갓 지은 밥 위에 올린다.

포인트

집에서 편하게 해 먹을 수 있는 요리입니다. 생선이나 양념은 취향대로 자유롭게 사용하세요. 간장은 마지막에 조금만 뿌려야 간을 맞추기 쉽습니다. 반숙 달걀을 올려도 맛있습니다.

달걀말이 샌드위치

재료(1인분)

- 달걀 2개
- 마요네즈 1큰술
- 시로다시* 1작은술
- 물 1작은술
- 식빵 2장

만드는 방법

1 마요네즈, 시로다시, 물을 그릇에 넣어 잘 섞는다.

2 1과는 다른 그릇에 달걀을 잘 풀어 놓는다.

3 1과 2를 잘 섞은 뒤, 밥공기 크기의 전자레인지 용기에 옮겨 담는다.

4 랩을 씌우고, 1분간 가열한다. 그 뒤 상태를 보면서 30초씩 더 가열한다. 부드럽게 부풀어 오르면 달걀말이 완성. 익힌 정도는 취향에 따라 조절한다.

5 원하는 정도로 토스트한 식빵에 4를 끼워서 완성.

포인트

취향에 따라 식빵에 버터와 겨자를 발라도 맛있습니다.

* 가쓰오부시와 다시마로 낸 육수에 간장, 맛술, 설탕 등을 섞어서 맛을 낸 조미료. 일본에서는 대중적으로 널리 사용되는 조미료이며, 한국에서도 인터넷 등에서 쉽게 구입할 수 있다.

매실장아찌 잼

매실장아찌 잼

재료
- 매실장아찌 8알
- 청주 적당량
- 설탕 적당량

만드는 방법

1 매실장아찌는 물에 하룻밤 담가 짠맛을 뺀다.

2 1의 매실장아찌에서 씨를 빼내고, 칼로 잘게 다진다. 체로 걸러도 좋다.

3 2를 냄비에 넣고, 청주와 설탕을 더해 가열한다. 타지 않도록 주의하면서 잘 섞어서 완성한다.

포인트

청주 대신 미림을, 설탕 대신 올리고당이나 물엿을 사용해도 괜찮습니다. 미림을 사용할 때는 설탕의 양을 입맛에 맞게 조절해 주세요.

스키야키 덮밥

재료
- 소고기(얇게 썬 것) 400그램
- 간장, 청주, 물 각 100밀리리터
- 소 기름 적당량
- 대파 2뿌리
- 설탕 적당량
- 밥 적당량

만드는 방법
1 간장과 청주, 설탕과 물을 섞고 작은 냄비에 담아 끓여서 스키야키 국물을 만든다.
2 널찍한 무쇠냄비를 불에 올려 소 기름을 녹이고, 어슷썰기 한 대파를 노릇노릇하게 굽는다.
3 만들어 둔 국물과 소고기를 넣어 끓인다(스키야키 완성). 익히는 정도는 취향에 따라 조절하면 된다. 다만 오랫동안 푹 익혀야 파에서 단 맛이 난다.
4 완성된 스키야기를 갓 지은 밥 위에 올린다.

포인트
간장, 청주, 물, 설탕의 양은 취향에 따라 조절할 수 있습니다. 진한 맛을 좋아한다면 간장과 청주를 1.5배로 넣어주세요. 푹 익을 때까지 끓여야 하기 때문에, 일반적인 스키야키보다는 싱겁게 간을 맞춰야 나중에 짜지지 않습니다.

고양이 식당, (추억)을 요리합니다

초판발행 2023년 5월 20일
1판 7쇄 2024년 9월 10일

지은이
다카하시 유타

옮긴이
윤은혜

기획
조성근, 권진희
최미진, 명선효

편집
최미진

디자인
권진희

표지그림
임듀이

마케팅
조성근, 명선효
이승욱, 왕성석, 노원준
조성민, 이선민

ⓒ다카하시 유타

펴낸이
엄태상

펴낸곳
(주)시사북스

등록번호
제2022-000159호

등록일자
2022년 11월 30일

주소
서울시 종로구 자하문로 300
시사빌딩

전화
1588-1582

이메일
emptypage01@sisadream.com

ISBN
979-11-982882-0-2   03830